羽妖精
ひょんなことから主人公シレンツィオに命を救われた少女。自身の名をシレンツィオに呼ばせようとするが、大きな企みがあるようで……？
〝ついに正体を表しましたね。邪悪なエルフ！〟
「おじさま、この性悪羽妖精を今すぐ佃煮にすべきです」
テティス
幼年学校でシレンツィオの友人となった人間でいうところ7歳相当のエルフの幼女。ませた一面を見せる。

シレンツィオ・アガタ
本作の主人公。伝説的な軍歴を持つ英雄だが、留学先でエルフの幼年学校の「料理係」となる。
ガット
テティスの従者をしている猫系の獣人。
泡立てた鶏卵の
白身と凝乳を混ぜて冷やし、
それを切り分けた
パネトーネの上にかけている。

英雄その後のセカンドライフ
しかし子供に料理を振る舞うのは楽しいかもな
芝村裕吏
ILLUST.
しずまよしのり

CONTENTS

注：

1）作中パンという表記があるが、本邦においてこの表現が使われはじめたのはポルトガルからの伝来で四〇〇年以上前であり、それゆえ日本語としてそのまま使用した。他の用語については可能な限り明治二〇年までに使われた表記に改めている。

2）作中焼き菓子が登場する場面があり、ここのみ本邦の区別に従いビスケットではなくクッキーとした。またこれにともない和名、乾蒸餅を使わず、そのままカタカナでクッキーとしている。

序

母なるシーリア海の青い水面《みなも》は、こんな晴れた日には煌《きら》びやかに輝いていた。空には白い小舟のように浮かぶ雲が点在し、太陽は雲に時折隠れつつも照りつける。北風《ボーラ》は勢いよく吹き抜け、風よけで高く作ってある外套《がいとう》の襟をはためかせた。

それはシーリア海の塩気を運ぶ力強い息吹《いぶき》であった。風で波立つ海面は、まるで小さな競争を繰り広げているかのように、せわしなく駆け抜けていく。

建造されてから八〇年、船としては随分と老齢の彼女は、かつては茶を満載して外海で最速を競うこともあったが、今は払い下げを何度も受けて、シーリア海で余生を過ごしていた。波の穏やかなシーリア海なら、老齢の彼女でもあまり心配はしないでもいい。

もっとも、汚水を掻《か》き出《だ》す水夫たちが必死に仕事をしているところを見るに、絶対とまでは言えないようであったが……

「こんな平和な海でも指揮をしたくなるものですか船長」

後ろからのんびりした声がかかる。

苦笑すると静寂《シレンツィオ》は首を横に振った。

「少しだけさ。船長」

ちなみに、船長も大尉も古代語ではキャプテンである。海でのこの言葉は、ひどく重い意味がある。船に船長は二人といらないのが不文律であるから、この声掛けは奇妙であるとも言えた。普通は相手が大尉でも、一つ階級を落として海尉と声をかけるのが複雑怪奇で有名な船上のルールであった。シレンツィオ・アガタは、あえてそれを破るにたる人物であった、ということである。

シレンツィオはどこか拍子抜けしたように微笑《ほほえ》むと、もはや水夫も船も見ずに船長のほうを向いて口を開いた。

「でも船乗り人生はもう終わりだ。命令が出てね」

「陸軍……からですか」

「命令を出したのは王家で、具体的には海軍卿《きよう》だな。シレンツィオ・アガタのこれまでの功績をもって、コルアブに知行地を与え、男爵に任ず。大笑いだな」

「アルバの宝剣を海から引き上げるなど、憚《はばか》りながら上は何を考えておられるのか……」

「さてな。まあ、戦争はもうないと思っているんだろうよ」

まあいいさとシレンツィオは言った。シレンツィオこのとき数えで三一歳である。戦争や伝染病などにより人生が五〇年ほどで終わった頃であるから三一といえば場合によっては代替わりと隠居が許される歳《とし》ではあった。歴史的にはシレンツィオのそれは冷遇、排除と言われているが、命じた方も幾分かは本当にこれまでの功績を称《たた》えて領地貴族に引き上げてやったつもりだったのかもしれない。

ただ、海の上で生まれて三一年と自称するシレンツィオにとって、それは随分と酷な話であった。シレンツィオは、揺れない大地で三日以上寝たことがなかったのである。それまでの人生を、すべて否定されたようなものであった。

同じ船乗りとして、船長はシレンツィオの境遇をひどく哀れんだ。実際シレンツィオが港に降りたときには上等な葡萄《ぶどう》地酒二本をもたせるほどである。葡萄地酒とは葡萄酒を蒸留して作った蒸留酒で、悪くなりにくいので船乗りに尊ばれたものだった。当時はこれだけで安い奴隷が買えてしまうほどの価値がある。

要はそれぐらい船から降りることを、心から気の毒がったのである。普通の船乗りからすれば、領地も貴族位も、どうでもいいことだったのだろう。このあたりはシレンツィオを扱った書物では何度でも出てくるところなので、これぐらいで以降割愛する。

船乗りとして英雄的な活躍により船から降りることになった船乗り、シレンツィオ。たしかにそれは不幸な出来事であったが、最後まで不幸だったかと言えば必ずしもそうではない。

なによりシレンツィオ自身が、一言も嘆きの言葉を残していない。彼が船から降りるとき、歴史に語られるよりも、もう少しだけ微笑《ほほえ》んでいたのではないか。

以下この物語はその前提で語ることとする。

それは人生も終わりが見えた人物の、微笑みから始まる再出発の物語である。

船から長い板を下ろし、浮き桟橋に向かってシレンツィオはゆるりと歩いていった。

一章

（1）

アルバという国がある。南北に長い火山帯が作った半島国家であり、この頃貴族を称する商人たちによる合議制で国家が運営されており、海軍も複数の商人たちが私有する小艦隊を集めて連合艦隊《グランフリート》として運用されていた。それぞれの小艦隊への報酬は各商人が分担しており、平時は交易などを行っていた。これを武装商船という。海軍が独自に艦艇を持つ前の時代では、このような武装商船が海軍の主力であった。

今日シレンツィオ・アガタという名で知られる人物は、この武装商船で生まれた。海上ゆえにどのあたりで、ということは分かっていない。おそらくはニアアルバだろうと言われている。父母ともに交易商人であり、アルバの当然として、商人であるからには船乗りであった。長男であったが女子相続制故に嫡子ではなかった。

アルバでは鰹《かつお》の子は鰹という。当然、シレンツィオもそうなった。武装商船の一員となった。洗礼を受けたのは当時としては遅すぎる一〇歳になってからであり、彼の実母は教会が海の上にないのが悪いと言い放ったとされている。彼が公的な記録に名前がでるのは、ここからである。

そんな彼の子供時代は、特に不幸、ということもなかったようである。後の行動を見るに親の愛が不足していたということはなく、海上で縄や帆をおもちゃに自由闊達《じゆうかったつ》に育っていたと思われる。

初陣は一二の頃で、海賊相手に戦ったとの記録がある。戦果は書いていないのでおそらくは殺すことも、当然ながら殺されることもなかったのだろう。

以降彼は度々戦闘に参加する。海の上では独立不羈《ふき》、と言えば聞こえはいいが、この時代の海とは国家の司法権が及ばない、いわば無法地帯であった。

年に何度も戦闘に参加していたので血気盛んと思われるが、同時代の人物が口を揃《そろ》えて言うに、〝静寂《シレンツィオ》〟が渾名《あだな》になるくらいに物静かな少年だったようである。

もう少し詳しく語るならば、この少年は黙ることが苦痛ではなく、また周囲の沈黙を気にすることもなく、同時に言葉を惜しむ傾向があった。

シレンツィオ、本来はピエールという名前なのだが、本人含めてこの名前で呼ぶものは誰もいなかった。アルバ（ニアアルバ含む）は男性名の種類が六種類と極端に少なく、同じ名前が多すぎてだれもかれもピエールであったからである。渾名が名前代わりになる国だったわけだ。

ともあれシレンツィオは母親の腹の中に怒りを忘れてきたと言われるほどの人物で、さりとて笑みを常に浮かべるわけでもなく、ありていに言って万事にやる気がなさそうな少年であった。家族や親しい人物に言わせると眠そうな目をしていると評されるが、他人から見れば値踏みしているように見えたという。

頭は切れるが態度だけでいえば最低に近かったが、船上の礼儀と地上の礼儀は違うので割り引いた方が良い。船乗りの礼儀とは、複雑な慣例で決められた航路上での交通規則や手旗信号の中にこそあった。

シレンツィオの話に戻る。彼の実家はグラニート家という乾物を扱う中堅商人だったが、アルバとその属領の商家は女子相続が基本のため、長男であろうとシレンツィオには相続権がなかった。このため他家（商家）へ婿養子になる予定であったが、二度も許嫁《いいなずけ》に死なれてしまい、ケチがついて商家の婿になるのを諦めた経緯がある。

不憫《ふびん》に思った親は士分を買い、かくてシレンツィオ・グラニートはシレンツィオ・アガタになった。老いた老騎士の養子になったのである。この頃の商人の子としてはまあまあ普通の処遇であった。

新たな家名を得てシレンツィオは海軍に入隊した。一六歳の時であった。凪の流れ潮の流れを読むのがうまく、軍人より先に船乗りとしてその名を上げた。二〇になる頃にはサルッツォ侯爵ボーナの軍船を任され二五では艦隊を率いていた。アルバならびにニアアルバが成長著しいニクニッス国と激しく戦った西方戦争に従軍し、当時ニクニッス最大の敵とまで言われることになった。この称号はこれより四半世紀ほど先、一人のルース王国の少年が持っていくことになるが、それまではシレンツィオこそがニクニッスの怨敵であった。

そのシレンツィオが、浮き桟橋の上をのんびりと歩いている。

背の高さは一九〇㎝を超え、鍛え上げた筋肉は黒い外套《がいとう》ごときでは隠せそうもなかった。涼やかな顔立ちの男で瞳は北の海のように暗い青、髪は闇を思わせた。強そうと言えば、これほど強そうに見える男もそうはいない。木板を並べた桟橋の上を、音も立てずに歩くのが大層不気味だった。

静寂の名の由来の一つである。

着いた港はニアアルバの良港サランダである。良港を抱える街の多くがそうであるように坂道の多い街であった。良港の条件の一つに陸地のそばまで水深が深いことが挙げられるが、そういう土地の多くが水没した谷だったのである。そして沈まなかった山の部分が、港や港町になっていた。

それゆえサランダは坂の街である。馬車も入れないために道は細く、狭い土地にひしめき合う家々は上に伸びていた。三階建ての家が普通であり、中には四階、五階という家もあった。いずれも日除《ひよ》けで白く塗られ、清潔感と開放感を形作っている。

実際この時代としては例外的に、サランダは綺麗《きれい》な街だった。傾斜のきつい坂と細い道により馬や馬車の乗り入れがないため、馬糞《ばふん》がなく、坂道が下水代わりとなって雨が降ると汚物を海に押し流すためである。この綺麗さを見習って、これより先数十年をかけて裕福な都市は下水網を作っていくが、この時代、綺麗さはサランダだけの専売特許であった。

シレンツィオが向かったのはサランダにあるアルバの総督府《ガバメント》である。古代帝国からの伝統で総督府といういかめしい名前がついているが、サランダにあるそれはさして大きなものではなかった。これより大きな商館はいくらでもある、という感じである。一〇〇〇年ほど前にはここに属州民とともに立てこもることも想定して作られた城、という触れ込みであるが、何分一〇〇〇年も前であるため、この時代の水準からすると随分と小さく、周辺に総督府より大きな商館が立ち並んだせいでなんとも見劣りするものであった。

「シレンツィオ・アガタ。お召しにより参上した」

色鮮やかな制服を着た傭兵《ようへい》門番にそう告げたのは昼前だったとされる。アルバでは古式ゆかしく来客、来訪は午前中に限っていたので、ぎりぎりの到着、ということになる。嫌な顔をされると思いきや、特に気にするようなこともなく、中に案内された。

総督府は古代建築の多くがそうであったように色とりどりの砂岩でできていた。赤いもの、白いもの、黄色がかったもの、それらの砂岩を用いて色彩豊かな建築物が作られている。

窓から見えるシーリア海はまるでダンスを踊っているようであった。波と風が共に、繊細なリズムを刻んで海を彩っている。時折、風に乗って鳥たちが海岸沿いを飛び交い、建物と合わせて一つの絵画のようであった。

「古い建物ですが、この眺めだけは良いのです」

思わず立ち止まったシレンツィオにそう声をかけたのは総督《ガバナー》である若葉《フオジジヨヴア》である。この時二〇歳で、当時の基準であれば若手を卒業して中堅に差し掛かる、という年齢である。彼女自身は大商館の次女であり、店を継ぐ代わりの捨扶持《すてぶち》として官僚の地位を買って渡され、サランダ総督の地位を得ていた。売官など今の時代では激しい攻撃の対象になるが、当時においては悪いこととはみなされていない。むしろそれ以前の暗殺を含む壮絶な権力闘争から、かなり進歩したとみなされていた。

「見事な風景です」

シレンツィオがいうと、若葉は微笑《ほほえ》んで自身も窓の外を見て口を開いた。

「南方の島では借景というそうです」

「なるほど。言い得て妙ですね。覚えておきます」

「そうですね。安上がりにいい庭を作れます」

そこまで言って若葉は表情を暗くした。

「お待ちしておりました。シレンツィオ・アガタ様。ニアアルバ不世出の英雄、アルバの宝剣であるあなたをお迎えできるのは、社交辞令ではなく、大変嬉《うれ》しく思っています。にもかかわらず私はこれから、シレンツィオ様に不愉快な話をしなければなりません」

「あなたが決めたことではない」

シレンツィオがそう言うと、若葉は少しだけ微笑んで口を開いた。

「せめてもてなしをさせてください。この日のために色々な歓待ができるように準備をしていました」

この日の歓待については記録が残ってないが、一五年の後、若葉の娘がシレンツィオ・アガタの子を名乗っている。その真偽はさておき、つまりはそういうことも含む大歓待であったのだろう。シレンツィオに対してニアアルバの人々がどう思っていたか、よく分かる逸話である。

アルバ本国の周辺、中でも西の領域をニアアルバという。アルバ近くという意味である。地理的にはシーリア海と、シーリア海を挟んだアルバの飛び地を指した。攻め寄せるニクニッス国相手にこの飛び地が持ちこたえたのはアルバ本国から膨大な量の補給が海路で輸送できたからであった。その立役者がシレンツィオである。彼は艦隊司令、当時の言葉でいえば大艦長の地位にあって補給を断とうとするニクニッス海軍相手に何百回と戦ってその多くで勝っている。

「それを中央《アルバ》の盆暗どもときたら……」

若葉はシレンツィオの手にする杯に葡萄酒を注《つ》ぎながら嘆いた。

シレンツィオは笑いながら若葉を抱き寄せて、いや、それほど悪い話でもないと答えている。

「なにせ貴方《あなた》の酌を受けることができたのだ」

この日、シレンツィオが受けたアルバ本国からの命令書は以下の通りである。


1：コルアブに知行地を与え、男爵に任ず。

これはすでに、艦隊を離れる前にシレンツィオは聞かされていた。コルアブとはニアアルバの端、山岳地帯にあって国境紛争地帯である。そう聞くと最前線送りかと勘違いされそうであるが、あくまで知行地であって、シレンツィオ自身は現地に向かうことを強制されてはいなかった。代官を送って年貢だけを受け取る手もあり、多くの貴族はそのようにして生活していたから、あながち悪い話というわけでもない。前線近くで土着貴族が戦死し、土地に空きができた、または新たに増えた領地にシレンツィオを割り当てたと考えられる。

若葉が不愉快な話をしなければならないと言ったのは、もう一つの項目についてであった。

2：男爵に任じるにあたり、二年の修行期間を与え、ルース王国の士官学校への留学を命じる。

士官学校在学者の多くが一五歳である。そこに三一歳が飛び込むという話である。若葉が憤るのも無理はない。なにかの罰か、というところである。

今日の目線でいえば、いきなり貴族になる前に領地貴族として最低限の勉強をせねばならず、そのために勉強をさせるというのはそこまでおかしな話でもない。国内ではなく国外に留学させるのも、年の差で白い目で見られて恥ずかしい思いをさせないようにという配慮によるものかもしれない。とはいえ、他にやりようはなかったのかと、同時代の人々の多くがこの沙汰に文句を書き残している。若葉もまたその一人だった。

シレンツィオはそういう空気の中で歓待されたわけである。

彼が総督府から出てきたのは三日後であり、（それはそれとして）さぞかし人生を楽しんだと思われる。

若葉たちに見送られてシレンツィオが次に向かったのはエルフの国の一つであるリアン国である。ここは留学先のルース王国の西隣にあり、ニアアルバからは船で行くならば一度南方から外海に出て、南回り航路でニクニッスなどの大国を大迂回《うかい》して行く必要があった。その距離二万km、当時最速の船を用いても一年かかるという、現代の目から見ても大旅行である。

もっともシレンツィオは、船でリアン国には向かっていない。彼が向かったのはサランダ総督府から歩いて数百mほどの距離にあるリアン国の商館である。

実のところ、そこにもまっすぐは向かわず、とりあえずは市場《メッカト》へ行っている。約束までの時間があったのは理由の一つで、もう一つは昨日から頭の中で声が聞こえるからであった。シレンツィオは驚いたがそういう事は表情に出さず、のんびり歩いている。

サランダの市場は午前中が勝負である。新鮮な海産物の殆《ほとん》どがこの時間帯に卸されるからだ。シレンツィオは混雑する市場を楽しげに歩いて、いくつか買い物をしている。大部分はニアアルバの食材であったが、一つ、それ以外があった。羽妖精である。


〝旦那ー私買ってくれない？〟

〝頭の中に語りかけるのは誰だ〟

〝私私、手を上げてみてよ。誘導するから〟

〝信用するとでも？〟

〝信用してよー、でないと話が始まらないよ？〟

〝誰の話かが問題だな〟

〝あなたの。顔とか知らないけど、そんな気がする〟

シレンツィオは往来の真ん中で手を上げる。周囲の人々はびっくりするが、本人は至って自然体だった。眠そうにすら見えた。

〝そんな気ね〟

〝右後ろ〟

シレンツィオは指示に従わずに数歩歩いて細い路地に入ってから、改めて姿を見せている。その間、頭の中には罵倒が大爆発していた。

〝ピクシーなし！〟

どういう意味だとシレンツィオは考えたが、答えはすぐに分かった。色とりどりの鳥を売っている露店のなかに、鳥かごに入った羽妖精《ピクシー》がいたのである。

人間が言えば人でなしだが、ピクシーが言えばピクシーなしというわけだった。

この羽妖精、大きさは三〇㎝ほど、透き通った昆虫の羽を持つ女性型の妖精である。ここより東、迷信深い島々では信仰の対象だったが、アルバやニアアルバでは珍獣扱いだった。値段を見ると横の極楽鳥よりも安い値段である。価格的には半分ほどだった。

〝安いなお前〟

〝ぎゃー戻ってきたー！　大好きー!!〟

〝頭の中で騒ぐのをやめろ〟

〝これテレパスですよ？　そんなことも知らないんですか。プークスクス〟

〝そうか、達者でな〟

〝待ってー！　降参！　降参だってば！〟

シレンツィオの無表情をどう思ったか、露店の主《あるじ》が揉《も》み手《て》をしながら声をかけた。

「これはお客様おめが高い!!」

「そうか？」

「そうでございますとも!!　この極楽鳥は世にも珍しい南方大島の生き物で……」

「いやその隣なんだが」

「あー」

商人の目が濁った。シレンツィオは鳥かごの中で土下座をしたりお腹《なか》をみせたり忙しい羽妖精を見ている。

〝何をやらかしたら商人がこうなるんだ〟

〝私たちは確率を操作できるので！　ちょっと不幸にしてやりましたよ！〟

「これを捕まえてから不幸になったのか？」

「いえ？　特に。しかし商品としては失敗でして、奇行が多すぎるんです」

〝嘘《うそ》つきー！！！　昨日箪笥《たんす》の角に足の小指をぶつけたくせに!!〟

シレンツィオは少し笑うと、数日前にもらった酒瓶を取り出した。葡萄《ぶどう》地酒である。

「これと交換はどうだ」

「ありがとうございます！」

〝まいどー！〟

シレンツィオは苦笑して、羽妖精の足首についた金の細い鎖を取ってやった。鳥かごだけでは逃げられる、そういうふうに思われていたらしい。

羽妖精は喜色満面どころか全身で喜びを表現してシレンツィオの周囲を飛び回った。

〝私を自由にするなんてとんだおマヌケさんですね！　プークスクス！　見せてあげよう、一ドットのエクスタシー!!〟

〝言ってる意味はわからんが達者でな〟

シレンツィオは表情を変えることもなく、リアン国の商館へ向かっている。羽妖精は羽ばたき、翔《と》んで追いかけてきた。シレンツィオの顔の横を飛行する。

〝今渾身《こんしん》のあっかんべーを無視したでしょ！〟

〝思うに、人間の住んでる土地からは逃げるべきだと思うぞ〟

〝いや、そう思ってたところで渾身の、渾身のあっかんべーを無視されまして〟

〝細かいことに気を使うと損をする。商人の言い伝えだ〟

〝もっと悔しがったり、いたずらされてぎゃふんと言ったほうが羽妖精と楽しく付き合えません？〟

〝俺は自分から誰かに付き合おうとしたことはない〟

〝いけずー。それ、いけずですよ〟

羽妖精は両手を駆使して変顔をするが、シレンツィオにはまったく通じていない。

〝あのー、笑ったら良くないですか？〟

〝必要になったらな。ところで羽妖精はエルフと仲が悪いと聞くが〟

〝人間より酷《ひど》いと言っておきましょう！　あいつら最低ですよ。是非殺し回ってください〟

〝ところが俺はエルフの国に留学することになってな〟

〝大惨事じゃないですか。逃げた方が良くないですか？〟

〝俺の周りも同じようなことを言っていたな〟

〝一人だけ逆張りする俺格好《かっこ》いい文化とか、古代文明で終わってますよ？〟

〝そんな文化があったのかは知らんが、そこまで止められると面白くなってしまってな〟

〝何が面白いもんですか〟

〝元老院に古い友がいる。俺を裏切る奴《やつ》とも思えん〟

〝そうは言いますけど、数年もあればいとも簡単に裏切りますよ、人間は〟

〝それはそれで面白い〟

〝何が面白いもんですか〟

シレンツィオは足を止める。リアンの商館はすぐ近くである。羽妖精はシレンツィオの高い襟の中に隠れた。

〝ついてこんでもいいぞ。羽妖精に義理を求める趣味はない。あっかんべーはあきらめて自由になるといい〟

〝それはそれでなんか嫌というか、この際旦那が破滅しているところが見たくて〟

〝趣味が良くない〟

〝え、旦那に言われたくありませんけど?〟

シレンツィオは聞き流した。サランダという街には庭はなく、これは商館も同様であった。したがって門の先に庭という一般の構成と異なり、いきなり建物がある。その前、公道に門番を兼ねる傭兵が立っているのはいずこも同じであった。

「ピエール・アガタだ」

傭兵は黙って扉を開ける。魔法で明るくなっている室内が見えて、昼間から灯《あか》りを使っていると、シレンツィオを呆《あき》れさせた。

〝魔法の無駄遣いですねえ〟

〝薪《まき》よりも安いのか〟

〝薪の原料の植物は育てられますけど、マナは有限ですからねえ。サステナビリティ的には良くないと思います〟

〝言っている意味は分からんが、金持ちということだな。当たり前か〟

「ようこそいらっしゃいました。ピエール殿」

そう言って挨拶してきたのは耳の尖《とが》った、アルバ風に言えばエルフたちであった。もっとも本人たちは自らこそが人間と称しており、アルバの人々を古代人、または劣等人と呼んでいた。リアン国はアルバの人々を古代人と呼ぶ方の国であった。対してニクニッス国はアルバの人々を劣等人と呼んだ。国と国の関係性が透けて見える話である。

シレンツィオは頭を下げた。

「今回は魔法を利用させていただきありがとうございます」

「何、お安い御用です。もっとも貨物と一緒になりますがね」

そのような会話の後、シレンツィオは商館の中に案内される。リアン国風の建物は彫り物による装飾が過剰なところがあって、アルバ風の好みからは外れていた。なにより裸婦像がないのがアルバの民的には良くわからないところではある。アルバやニアアルバにおいて、女の裸は美の根幹であった。アルバの元老院は歴代の議員の裸婦像で溢《あふ》れかえっているのがその例である。

リアンにはそれがない。複雑な彫刻のほぼ全ては植物を題材としていた。

「こちらです」

「どうも」

通された一室には床に魔法陣だけが描かれていた。窓すらない。

「荷物を運び込みますので、お待ちを」

「はい」

次々と木箱が魔法陣の上に運ばれる。樽《たる》ではないことが異国風でシレンツィオは面白かった。準備ができましたと言われてその脇に立った。魔法陣の隅のほうともいう。シレンツィオの荷物は革張り木製の旅行鞄《かばん》一つである。長辺が一ｍほどある長方形の箱であった。

「では良い旅を」

小馬鹿にしたようなエルフの笑顔ですねと頭の中で声がしたが、シレンツィオは無視した。特に興味がなかったからであった。

（2）

目を開くと同じような部屋にいた。匂いが同じであれば別の部屋だと気づかなかったに違いない。嗅ぎなれた潮の匂いではない、灯りのための植物油の匂いがする部屋だった。

〝げげー。テレポートで生物飛ばすなんて！〟

〝知らん言葉だが問題があるのか〟

〝たまに死にますね。あと変な異界の生き物が出てくるときがあります。悪魔とか〟

〝そうか〟

やっぱりエルフは糞《くそ》ですよという頭の中の声を聞き流し、シレンツィオはじっとしていた。目の前の扉が開いて、エルフたちが入ってくる。

「どいたどいた。学生さんはあっちだよ」

「そりゃどうも」

エルフ語でそうやり取りして、シレンツィオは言われるままに部屋を出た。

〝え、なんで旦那エルフ語使えるんですか？〟

〝捕虜の尋問に必要だったからだな〟

〝うぉー、バイオレンス。その調子でエルフを殺し回ってください！〟

〝興味がない〟

リアン国にはどういう伝わり方をしていたのか、そこからは随分とぞんざいな扱われ方だった。ぞんざい、というよりも、単なる一学生として扱われているような感じである。案内されるままに質素な部屋に入れられ、弁当や教科書や空白の本などを渡される。準備金の額の少なさは目を疑うものであったが、一五歳の小遣いとしてはこんなものかもしれないとシレンツィオは思い直した。

〝なるほど、エルフは人間の年齢など気にならんのだろうな〟

〝あいつら顔覚えてられないんですよ、きっと、プークスクス〟

実際、そのような感じである。シレンツィオ・アガタといえば当時世界で一番エルフを殺した人物の一人であろうに、本名を使うだけでエルフはそれを認識できていないようだった。

シレンツィオとしては悪い話ではなかったろう。子供扱いも三〇の腫れ物扱いも、どっちに転んでも良い待遇ではなかったが、古い友人が裏切ったわけでもないと、それが分かったのは良いことであった。

そのまま手を引かれるように、係官に連れて行かれる。不案内だと看破されたのであろう。シレンツィオが連れて行かれたのは駅であった。鉄道のない時代であるから、駅にあるのは大量の馬と馬車である。いわゆる駅馬車がリアン国の陸上輸送の主力であった。

係官は年のいった女エルフである。色気もなにもないが、不親切ではなかった。

「ルース王国までは馬車で向かいます。もう料金は払ってありますから」

「船はないのか」

「内陸ですよ」

「海辺と聞いていたんだが」

「覚え間違いでしょう」

覚え間違いと言われてもなと思いつつ、強くは反論せず仕方無しに駅馬車に乗り込む。シレンツィオの外套の襟では羽妖精が自分用の布団を敷いたり枕を縫い付けたりとやりたい放題であったが、さしあたっては何も言わなかった。表情はいつもの眠そうな顔である。

〝ところで旦那、なんで首筋で好き勝手やるなと騒がないんです⁉〟

〝その質問に答える前に、一つ確認をしておきたいが、羽妖精はエルフを毛嫌いしているが、エルフから見た羽妖精はどうなんだ？〟

〝害虫扱いですね。佃煮《つくだに》にされたり串焼きにされたりします〟

〝そんなことだろうと思った。それで質問に答えると、俺が騒げばお前も困るのではないか〟

〝羽妖精は姿消しの魔法を使えるんですよ。残念でしたー〟

〝エルフはその魔法への対抗手段を持っているんじゃないか〟

羽妖精は急に黙った。その可能性を考慮していないようであった。シレンツィオが黙って馬車に揺られていると、羽妖精は突如笑いだした。変な姿勢を取っているのか、高い襟が不自然に揺れる。

〝迂闊《うかつ》！　この海のリハクの目をもってしても気づかぬとは‼〟

〝海のなんたらはどうかしらんが、羽妖精は海上で生活できないだろう。見たことがない〟

〝古代文明に暗いですねえ、旦那。そんな感じだとモテませんよ？〟

〝誰にモテないんだ？〟

〝羽妖精ですけど〟

〝だったら必要ないな〟

襟が動いた。

〝おいこら喧嘩《けんか》ですか、喧嘩売ってますね？　外に出てもらおうか！〟

〝今は動いている馬車の中だ。後、正面のエルフがこっちを気にしている。顔を出すなよ〟

〝……ご親切にどうも〟

襟はうごめくのをやめた。

この時代の駅馬車には窓ガラスがない。明かり取りの小さな木戸を開けると風が入ってくるという寸法である。今の季節は冬であり、同席するエルフが寒そうなのでシレンツィオは窓を閉めて、ただ揺られた。船より揺られないのは良かったが、衝撃については海よりきつい気もした。

〝って違うわーい！〟

羽妖精が騒ぎ出す。

〝何が違うんだ？〟

〝旦那、面白くない人間だって言われません？〟

〝細かいことに気を使うと損をする。商人の言い伝えだ〟

〝細かくないと思いますよ。かなり、絶対〟

〝そうか〟

〝心底興味なさそうに言わないでくださいよ！〟

〝実際興味がない〟

〝言ったら負けだってずっと思ってましたけど、私の名前を聞かないのもどうかと思いますよ。一緒に旅までしてるのに！〟

〝そっちもこっちの名前を聞いてこないだろう〟

〝妖精と人間じゃ文化が違うんです〟

〝そうか〟

〝心底納得して寝るなー！〟

襟が動いてシレンツィオの首を揺らした。シレンツィオは眠そうにしながら、正面のエルフの視線から襟を隠した。

〝いいから名前エントリーしてくださいよ！　話が始まらないでしょ⁉〟

〝ドノバンだ〟

〝偽名じゃないですか！〟

〝ということは、俺の名前を知ってるというわけだな。名乗る理由がない〟

〝ちょっと男子ー。それ塩対応しすぎません？　確かにシレンツィオって呼ばれているのは聞いてました、聞いてましたけどー、名乗るのは礼儀でしょ〟

名乗ったのは本名なんだがなとシレンツィオは思ったが、口にしたのは別のことだった。

〝人間ではそうだな〟

〝え、今妖精と人間じゃ文化が違うっていう私の言葉を利用してとっちめたとか思ってませんか？〟

〝いや、面倒《めんどう》くさいだけだ〟

〝それがだめなんですよ！　もっともっと！　活動的に。はい！〟

〝俺はそろそろ老人だ〟

シレンツィオの三一という年齢は人生百年とか言われ始めている現代でいうなら二倍ほどの数字になる。つまり六二歳相当だった。羽妖精はぐぉぉぉとシレンツィオの頭の中で叫んだ後、くてりとした。高い襟が折れた。

〝なんでこんな人についてきたんだろう〟

〝そのうち拾った場所に戻してやるから気を落とすな〟

〝親切なんだか不親切なんだかキャラぶれしてません？　いや、してます。やり直し。最初から〟

〝そろそろ新年だな〟

〝だから、塩対応禁止！　羽妖精に塩対応は禁止、禁止です。塩漬け羽妖精が襟から出てきたら嫌な気分になりますよ〟

〝そうか〟

〝あーもう！　あんたシレンツィオ、じゃあ、私は!?〟

〝羽妖精〟

〝惜しい！　分かってやってるでしょ！〟

〝妖精に名前を聞くのは婚姻の申込みだと聞いている〟

〝そこまで知ってましたか。んじゃ名前を聞いてください〟

〝すまんが一m以下の女と寝るのは色々問題があってな〟

〝フラッグブレイカー！　フラッグブレイカー！　ですよシレンツィオさん！〟

ちなみに今でも羽妖精の業界ではフラッグブレイカーはシレンツィオのことを指す言葉になっている。古代語で言えば旗折である。意味としてはおそらく羽妖精の看板である茶化《ちゃか》す、からかうを壊したということではなかろうか。

そうこうするうちに、駅馬車は最初の駅に着いた。

着いた場所はルース王国西部、ヘドンという交通の要衝である。リアン国から見てもっとも近い街とも言える。ここには主要街道が六本も接続しており、リアン国とルース王国の交易品が常に行き交う状況だった。

〝ううう〟

〝ところで羽妖精は飯を食うのか〟

〝食べるに決まってるじゃないですか。甘い物がいいですどうぞ〟

〝エルフの甘い物とはなんだろうな〟

シレンツィオはエルフ以外でも入れそうな飲食店を探したが、丸い耳さえ隠れていれば、特に問題なく利用できるようであった。シレンツィオは頭を下げてこの付近で評判の甘味処《かんみどころ》の店はどこだろうかと尋ね歩いている。

〝え。シレンツィオさん甘いの好きなんですか？〟

〝酒ほどじゃないが〟

〝その酒と私を交換してましたよね。じゃあ私の名前を聞いてみてください〟

〝あの店に行くぞ〟

〝おいそこのスットコドッコイ、私の話を聞け〟

「すまない。甘いものを二人分だ。おすすめをくれ」

この注文はエルフ風ではなかったらしく、店内は笑顔に包まれた。シレンツィオはどうかといえば、特に気にするようでもない。いつもどおりである。

出されたのは大皿に盛られたクッキーであった。くるみや砂糖漬けの果物がちりばめられたものである。二つ取って一つを襟に入れて、もう一枚を食べてみた。

固すぎずほろりと崩れるのは悪くはない。小麦の香ばしい匂いも良い。しかし牛酪が足りてない。

〝うーん、イマイチ。シレンツィオさん、バター足りてませんよこれ〟

〝バターとはおそらく牛酪のことだろう。俺もそう思う〟

〝エルフは菜食主義なんですかねえ？〟

〝肉料理もあるらしい〟

〝注文はいりませんよ、羽妖精はそういうの食べませんからね!?　肉食羽妖精とかホラーですよ、ホラー〟

〝俺は気にせんが。ところで魚はどうだ〟

〝大好物ですがなにか〟

〝そうか〟

シレンツィオは水でクッキーを押し流し、店を出た。羽妖精は一枚あれば十分ですよというので大部分をシレンツィオが食べたことになる。残してポケットに入れても良かったのだろうが、あまりうまくもないので全部を食べた。腹いっぱいになってしまった。

〝感想をどうぞ〟

〝評判の店でこれなら今後が心配だ〟

〝私達《たち》、食の趣味は一致してますよね？　相性バッチリだと思うんです〟

〝どうかな〟

それで再び駅馬車に乗る。ヘドンの東はなだらかな荒れ地が延々と続くが、北の方になると常に雨が降ると言われるほどの年間降水量の多い森があって、さらにその東にはヘキトゥ山という山があった。こちらは夏にも冠雪しているような高い山である。雨雲はヘキトゥ山に遮られて森に雨を降らせている、という形であった。

駅馬車は、このヘキトゥ山に向かっている。なんでもそこに小規模な街があって、そこに士官学校を兼ねた要塞があるという。エルフの士官とは全員が貴族であるから、貴族教育を受けられるという話であった。

〝こっちに来る時に使った魔法を使えばいいだろうに〟

〝転移ですか？　無理だと思います。技術も失われていますし、なにより魔力がありません。ただ、消費魔力は一定なんで超長距離の移動や輸送にならコスト的に収支があうのかもしれませんね〟

〝魔力がなにかはわからんが、おかげで人間は負けなかったんだな〟

シレンツィオは窓の外が見えぬことには何も言わず、ただ羽妖精と頭の中で話をしながら旅を続けた。

〝ところでですね、シレンツィオさん〟

〝なんだ〟

〝エルフの貴族教育なんて人間の役に立つんですか？〟

〝そこはやり方次第、というところだ〟

エルフと言えばいけ好かない連中というのがアルバの一般的な意見だが、何度も戦ったことがあるニアアルバでは、エルフは強敵とみなされていて馬鹿にする雰囲気がない。そこに留学してきたという形でエルフ風の宮廷儀礼を覚えていれば、少々風変わりでも馬鹿にされることはなかろうというわけである。貴族としての格式は保たれうる、というわけだ。

〝普通に人間の学校に行ったほうが良かったんじゃないですか？〟

〝難しいところだ。貴族の学校は人脈作りを兼ねる。対して俺はそれを求められてない。いや、人脈を作るなというところだ〟

〝面倒くさい事情ですか？　だったら聞きませんけど〟

〝面倒ではないな。俺に野心があると思っている連中がいるというだけだ〟

〝つまり政争に敗れたわけですね!?〟

〝戦ってもいないが、世間ではそう見られているようだな〟

〝きっと塩対応と他妖精への興味のなさが問題だと思うんです。改善のために一緒に旅をしている可愛《かわい》い羽妖精の名前をまずは尋ねるのはどうですか？〟

〝改善の必要を感じていない〟

〝いけずですよ、いけず。今の渾身のいけず顔見ました？〟

〝襟の中でやられてもな〟

それで次に着いたのはヘキトゥ山である。文明の発展によって木材消費が激増し、あちこちで森林が消滅したこの時代でもなお、豊富な森を有している。つまりはそれだけ峻厳《しゅんげん》で、木こりの手が入りにくい場所なのだった。

休憩所を兼ねたふもとの村に泊まり、翌朝朝日に映えるヘキトゥ山を見る。これから二日で山を登るという。馬車で行けるのかと不思議になるほどの山容である。周囲にエルフがいないことを察知してか、羽妖精が顔を出した。険しい顔で山を見ている。

〝あー、エルフってほんと駄目ですよね。シレンツィオさん、殺して回りましょうよ〟

〝前から言ってはいたが、なぜ今になって言う？〟

〝昔は、もっと緑豊かだったんです。この地域は森が全部だったんですよ。それを……森妖精のくせに森を破壊して。そんなんだから世界大ピンチなんです〟

〝麦畑と牧草地の牧歌的な風景だと思ったが、古代はそうでもなかったのか〟

〝そりゃあもう!!　昔は一面豊かな森で、ユニコーンやトロール、森巨人がいました〟

そうか、エルフとは羽妖精からすると森の妖精の一種だったのかとシレンツィオは一人納得した。

〝ところでエルフまで妖精となると人間も妖精なのか？〟

〝陸地に上がった海妖精の一部が人間を名乗ることはありますけど、普通は猿の一種を言いますね〟

〝なるほどな〟

〝ご自分が妖精かもしれないと思いました？　思いました？〟

〝いや、なんの興味もない〟

〝そこまで徹底して興味ないのはある意味すごい気がしますけど、呪いかなにかにかかってます？〟

〝あいにく生まれたときからだ〟

〝お母様の苦労が偲《しの》ばれます〟

〝手がかからないで良かったと敵をぶっ殺しながら言ってたな〟

〝蛮族じゃないですか〟

シレンツィオは表情を変えることもなく、村に戻っている。出てきた朝食は小麦と黒麦が混じったパンであった。付け合せは植物油に塩を混ぜたもので、麦酢の香りがほのかにした。

〝味気ない食事ですね〟

〝長距離航海の後の方は、これより悲惨だぞ。ウジ虫が巣食うビスケットに塩気がありすぎて死にたくなる、なんの肉か分からないものを煮たやつだ。おまけに船内は玉ねぎが腐った臭いがする〟

〝細かく述べないで大丈夫です。でも……魚食べればいいのに人間は何してるんです？〟

〝外洋に調子よく魚がいると思うな〟

〝そんなものですか。人間も大したことありませんね〟

〝人間が大したものだったことはおそらく過去一度もない。古代帝国の時代ですらな。人間が偉大である、そう見せたい連中は山程いるが、いつもバカが真実を見せつける〟

〝商人の言い伝えですか〟

〝いや、実体験だ〟

〝ははぁ、シレンツィオさんは厭世家《えんせいか》なんですね。つまり、人間にも人間の国にも希望が持てないんだ。だから全部に塩対応なんだ〟

〝そんなことはない。人間が大したことはないというのは事実として、それと希望にはなんの関係もない〟

〝実体験ですか？〟

〝射精した男はだいたいその境地に至る〟

〝セクハラですよ！　セクハラ！　いたいけな羽妖精になんて事言うんですか！　変態ですよ逮捕しますよ〟

〝セクハラが何かは知らないが、口にしてないなら言ったことにはならない〟

〝屁理屈《へりくつ》か！〟

〝理屈ではある〟

ちなみに馬車で行けたのは四合目までであり、そこからは徒歩であった。千尋の谷に木の杭《くい》を打ち付けた道とも言えない道を歩かされる。これにはシレンツィオも、少し呆れた。

〝面白いとは思うが、なぜこんなところに学校を作ろうと思ったんだ〟

〝いざというときのためですよ。例えば王家が逃げ出すときの場所とか〟

〝なるほど〟

〝面白いと思っているならそろそろ名前を聞いてくれません？　このままだと登場人物紹介で名前が伏せられそうなんですけど〟

〝俺は困らない〟

〝それで厭世家じゃないと言ってるあたり、病気だと思います。治療しましょう。今すぐ治療しましょう〟

〝自分の都合の良いことを相手への治療というあたり、人間も羽妖精もそうは変わらんな〟

〝それが実体験のことだとすれば、治療と言ってた人はシレンツィオさんを本気で心配してるんだと思いますよ〟

〝そういうものか〟

〝そうです！　妖精生は明るく楽しく元気よく！〟

〝俺は人間だが〟

〝人生も多分同じですってば〟

〝そうか。それはそれとして今まで告げてなかったんだが……〟

〝私からもいいですか？　一歩踏み間違えたら死ぬようなところで良くおしゃべりしてられますね？　シレンツィオさん〟

下は奈落に続くような気すらする、深い谷である。下からの強い風に煽《あお》られるが、シレンツィオは気にした風でもない。

〝マストの上に登るのを怖がる船乗りがいると思うな〟

〝下が海とは違いますよ〟

〝それが、不思議とマストから落ちた先は甲板と決まっててな。どんなに波があっても落ちるのは甲板だ。当然死ぬ〟

〝船乗りって職場的にどうなんですか。ヤバヤバに聞こえますけど〟

〝そこが大きな間違いだ。船乗りは職場じゃない。恋だ〟

〝シレンツィオさんは恋に破れたわけですね!!〟

〝そういうことになるな〟

しばらく沈黙が支配した。シレンツィオの襟がおそるおそる、揺れた。

〝……怒りました？〟

〝いや。それで今まで黙っていたが、一つ伝えたいことがある、俺は自分のことを明るく楽しい人物だと思っている〟

〝えぇ……？〟

羽妖精が当惑する間に渡り終わった。渡り終わった先は広場のようになっており、野営ができるようになっていた。

カバン一つに収まる荷物を下ろし、シレンツィオは夕食をどうしようかと考える。待っていれば提供されるだろうが、ここ数日の食事にシレンツィオは飽き飽きしていた。

そんなシレンツィオの心の動きを無視して、襟が動いた。

〝あのですね、シレンツィオさんが明るく楽しいとか、月を見て太陽というようなものですよ、それ〟

〝他人がどう言おうが知ったことではない〟

〝お・れ・さ・ま系、オレサマキングダムですよそれ！〟

〝それは羽妖精にとっては良くないものなのか〟

〝どうなんでしょうね。今どき流行《はや》らないと思いますけど。壁ドンとか顎をくいっとかですよ〟

〝流行は気にするな。よって問題はない〟

〝今日からオレサマ・シレンツィオさんと呼びますからね？　フラッグブレイカーの上にこの称号がついたらイケてないことこの上なしですよ!?　モテないですよ〟

〝羽妖精にモテる必要はない〟

〝人間にもモテない言うとんのじゃいボケー!!　こちとら女性代表で駄目出ししとんのじゃ！〟

襟が激しくカンフーをしたが、シレンツィオは特に気にしていない。周囲から見ても異常な襟の動きのはずであったが、シレンツィオがあまりに無表情のために、誰も言葉を発せずにいた。シレンツィオが調理用のナイフを持っていたせいもあるだろう。むしろ常識のあるエルフは離れた。おそらく人間でも離れていたろうと思われる。

シレンツィオは羽妖精を無視して料理を作り始めた。材料は道中で買い求めた塩漬け豚肉と、干した玉ねぎ、乾酪、乾きすぎて粉状になったアルバセリ、ハム、すっかり固くなったパンである。

シレンツィオは塩漬け肉を料理用ナイフで叩《たた》いて細切れにし、玉ねぎとハムも同じくみじん切りにした。パンはヤスリがけして粉にしている。

ハム、とは羽妖精が言うには古代語であり、腿《もも》を意味するという。実際に腿肉を使用して作られる。シレンツィオが用いたのは豚肉の塊を塩水に漬けてから燻製《くんせい》にした、ベーコンと同じ調理法の保存食であった。ベーコンは古代語で背中を意味し、その名の通り背中の肉を用いて作っていたから、違うのは製法というよりも肉の部位であった。

このハム、塩漬け肉より日持ちしないが生肉よりは長持ちし、味も価格も塩漬け肉より悪くないのでアルバでは盛んに食べられている。

これらを混ぜ合わせ、こねる、そしてこねる。粘り気が出たら団子にして今度は茹《ゆ》でるのである。美味《うま》そうな匂いにつられてエルフが食材を土産に寄ってきた。交換で分けてくれというわけである。シレンツィオはうなずいて食材を受け取ると、アルバセリを入れて味を整えた。料理の完成である。塩漬け肉から塩が出るため、追加で塩を入れるような事はしていない。

アルバでは良く食べられるこの肉団子、ポルペッテという。シレンツィオは子供の頃から作りなれた味であった。家庭料理らしく味付けに関しては無数の種類があり、あるもので臨機応変に味をつけるのが本場風である。

〝シレンツィオさん、私にもスープください〟

〝肉は食わんのか〟

〝それはちょっと……〟

〝そうか〟

シレンツィオはスプーンに入れたスープを襟に突っ込んだ。エルフの数名がぎょっとした顔をしたが、ポルペッテが美味かったので何も言われることはなかった。

〝美食は暴力と同じ、相手を黙らせることができる〟

〝さすがオレサマ・フラッグブレイカー〟

心のなかで唱えるシレンツィオに、羽妖精が反応した。気にしてなさそうなシレンツィオの首筋にぺたぺたと手を触れた後、羽妖精はシレンツィオの耳元に顔を近づけた。

「でも細かいことと言わないのと、詮索とか一切しないのは嫌いじゃありませんよ。シレンツィオさん」

〝そうか〟

〝私の声、ぞくぞくするって思いません？　しますよね。魔力が乗ってるんで。ものすごくいやらしい気分になったでしょう。ということでぇ〟

〝寝るぞ。踏まれないようにしろ〟

〝おいこのスットコドッコイ。名前くらい尋ねろ、巻頭のキャラ紹介で名前出なかったら一生恨んでやる〟

シレンツィオは無視して、寝た。揺れない地面で寝るのは慣れんと思いながら、ぐうぐう寝た。

（3）

山間《やまあい》に先程通った谷を利用した砦《とりで》がある。大きな砦を要塞というが、目の前にそびえ立つそれは要塞並の高い壁で谷をせき止めた印象のある場所だった。

〝これ、ダムじゃないですかやーだー〟

〝ダムとは〟

〝河をせき止めて水を溜《た》めていたんですよ。海狸《うみだぬき》がやってるでしょ？〟

〝そう言えばそういうげっ歯類がいたな。なんで狸なのか未《いま》だに分からん〟

〝古代人の名付けなんか適当なものですよ。それはともかく、この場所は堆積物増加で使われなくなった廃ダムを利用して街を作っていますね〟

〝それは悪いことなのか？〟

〝大規模自然破壊です。エルフの悪行の跡ですよ、最悪に呪われた場所です。これでは水と一緒にマナまで動かなくなります。土地の魔力が枯渇しますよ〟

そんなものかと思いながら、砦の中に入る。中程まで長い階段で壁を上り、そこから開いた地中に作られた細い道からまたも長い階段を登ること二〇〇〇段、ようやく着くのである。どこからか地下水が出ているのか、通路は常に湿っている状況であった。

見えた風景はなかなかの絶景である。出たところは城壁の上で、後ろを振り返れば目もくらむような高さにあり、これまで歩いてきた道が冗談のように小さく見えていた。

他方、目の前には二〇mほど下に街が広がっている。左右にひしめく谷のせいで、さほど大きくはないものの、よく整備されて長く伸びた街である。構造だけでいえば街道沿いにできた宿場町によく似ている。

エルフとは大した建造物好きだ。古代人と変わらん。そういう感想を持った。

なおシレンツィオの言う古代人とはエルフが人間を指す意味ではなく、文字通り、大昔にアルバの地に住んでいた父祖を言う。アルバの地は歴史が長く、畑を耕せば遺跡にぶつかる、井戸を掘れば遺物が出るという、そんな場所であった。ちょうどシレンツィオがエルフの士官学校へ向かっている途中、アルバでは巨大闘技場が発掘されてそれを再利用すべく改装が行われていた。この闘技場は今も観光名所になっている。

「これがエルフ、これが力だ」

案内してきた砦の衛兵が芝居がかった仕草で自慢げに言うのが象徴的だった。

もっともシレンツィオはその言葉を無視し、高いところからどこが飯屋か探している。

こうして彼の新生活が始まった。始まるはずであった。

なお、余談ではあるがこの羽妖精がダムの再利用と呼ぶ街は、ルース王国最後の王都になり、最終的には焼かれて大虐殺が行われてしまう。シレンツィオがここを訪れてから二八年ほどのちの話である。

さて自慢話を聞き流して、シレンツィオは学校へ向かった。この街の治安維持を司《つかさど》る学校警備隊に年齢と名前を告げて、そのまま案内されたのが、ルース陸軍幼年学校であった。

さすがにシレンツィオも足を止めて看板を二度見している。

〝シレンツィオさん。これは流石《さすが》に無理があるのでは。幼年学校と言えば、下は八歳、上は一四歳だったはずですよ〟

〝羽妖精は詳しいな。アルバにはそういうものがないから、焦った。そもそも俺が行くところは士官学校だったはずだ。書き間違えたのかもな〟

〝書き間違いかどうかはともかく、なにか手違いが起きてますすねえ〟

〝よく考えれば最初は海沿いと聞いていたが実際は山の中だった〟

〝そう言えばリアンの係官に言ってましたね〟

〝ああ〟

とはいえ、ここからどうすればいいのか、見当もつかない。取《と》り敢《あ》えずは幼年学校で話をして、その後、正しい学校へ行こうという算段を立てた。

ちなみにシレンツィオが着る外套は高級船員の多くが愛用する黒染である。値段は高いが汚れが目立たないので大層重宝する上に、収納も多く、場合によっては寝具、浮袋や鎧《よろい》、盾代わりにも使われる逸品である。今は羽妖精の棲家《すみか》にすらなっている。

ただ、それを着た眼光鋭い長身の中年男が幼年学校の前に立っていたらどうなるか。

事案、である。

当然警備兵に捕まった。

警備兵に案内されて警備兵に捕まるとは酷い話もあったものだ。シレンツィオは心のなかでそう思ったに違いないが口には出さず、ただ懐からリアン国から持ってきた書面を出した。留学許可証である。この許可証とシレンツィオの顔を交互に見て、警備兵は、いや、三一歳は無理がありすぎると言い出した。

〝若く見られていますよ！　良かったですねシレンツィオさん〟

〝逆の意味に聞こえるが〟

〝私もそう思いますけど、いい方にとったが良くないですか〟

〝事実は事実として見つめたほうが建設的だろう〟

〝だったら自分が明るいとかいうのはやめといたほうが……〟

当惑する警備兵がシレンツィオを連れて行ったのは幼年学校の教員室である。軍の管轄下なので軍人だらけと思いきや、連れてこられた代表者は目立たないドレスを着た年のいったエルフの女性だった。名をエムアティ・エミランといい、人間の年齢で言えば一〇〇〇歳を超える人物だった。もっともシレンツィオはエルフの年齢の見分け方などまるで分からず、同年代かそれより下の女性を扱うように対応している。

すなわち丁重に帽子を取って頭を下げた。

「失礼、今しがた警備兵が申し上げたとおり、どうも手違いでこちらに来てしまったようです」

書面を指でなぞりながら、エムアティは微笑んだ。なぞった文面が銀色に輝いている。

「間違いはないと思いますよ？」

〝エルフ流の高度な嫌がらせですよシレンツィオさん！〟

〝表情はそうじゃない〟

エムアティは優しそうに笑った。シワがあってもなお美しい顔であった。

「年齢は三一。私達の年齢に換算するとほぼ八つですからなんの問題もありません。新年度からの入学を認めます」

〝えーと。シレンツィオさん？〟

〝人生はこれだから面白い〟

〝私の方からは見えませんけど、その言葉無表情で思ってますよね〟

エムアティは優しくシレンツィオを抱きとめている。

「劣等人の上にここまで一人でやってくるなんて、とっても偉いのね。先生、感動しちゃった」

実際涙まで浮かべてそう言っている。

「先生が立派に育てて上げるから、なんの心配もしないでいいのよ」

「ありがとうございます。お嬢さん」

「まあ。おませさんね」

〝ほほぉー？　シレンツィオさん？〟

〝この歳《とし》になると年上から抱きしめられるなんてなかなかない。いい経験だ〟

ところでこの幼年学校、全寮制である。割り当てられた部屋は五階にあり、階段しかないこの時代では良い部屋とは言えなかった。シレンツィオの背では寝るには小さすぎるベッドが置いてあり、どこで寝るかと思案しようとしたところで襟から怒り狂った羽妖精が飛び出してきた。ぶんぶんとシレンツィオの周りを飛び回り、シレンツィオの顔の前で空中静止して指差しでがなり始めた。

「はぁぁぁぁ!? なんすかあの反応！　私は見損ないましたよ！　誰にでも塩対応だと思っていたのに！　裏切られた！」

〝俺は自分が塩なんとかかと言った覚えは一度もない〟

「言い訳無用です！　今必要なのは謝罪！　土下座！　そして私に名前を尋ねる！　巻頭紹介ページに私を入れる！」

〝よく分からんな。なぜ怒る〟

「みんなに塩対応だったらまあまあ許せましたけど、人によるとなったらそりゃ怒りますよ!!　激おこプンプン丸メガスマッシャーです！」

〝羽妖精は大変だな〟

「あと私が口を使ってるんだから、あわせて口使ってください！」

〝口を使うのが面倒くさい〟

そう言ったら、羽妖精は力をなくしたように墜落した。撃墜されたとも言う。へろへろふにゃふにゃばったりこってりである。床に落ちぬようにシレンツィオは両手で羽妖精を受け止めた。

〝どうしたどうした〟

〝どうしたじゃなーい！！！！　だから!!　なんで私にだけ冷たいんですか!!　種族差別ですか!!〟

〝重要なことを教えよう。ニアアルバでは人魚やスキュラを口説かない男は殺されても仕方ない〟

数秒、間があった。羽妖精が考えていたともいう。

〝羽妖精はどうなんですか〟

〝羽妖精は海に棲《す》んでないからな〟

〝そこでマジレスすんのが変なんですよシレンツィオさん！　そこはもっと‼　もっと‼　もっともっと！〟

〝もっと？〟

〝私を口説くべきですどうぞ。あと名前はマジ早めに聞いてください〟

〝自分で名乗ればいいだろう〟

〝嫌ですよ面倒くさい〟

シレンツィオはうなずいた後、窓から羽妖精を投げ捨てた。羽妖精は一〇秒で戻ってきた、大変な速さであった。

「ひどい！」

〝それについては俺もどうかと思ったが、身体が反射的に動いた〟

〝またテレパスしてる。私には喋《しゃべ》る価値もないというわけですか〟

〝前も言ってたな。テレパスというのかこれは。これをできるのはお前との間だけだ〟

〝口説いてます？〟

〝事実を述べた〟

空中に静止しながら、羽妖精は横を向いて顎を突き出し、腕を組んでいる。ちらちらとシレンツィオを見た。

〝ふーん。まあ、騙《だま》されてやらんでもないですよ。他妖精とテレパスしなければ〟

〝こんな力を持っている種族が他にあるのか〟

〝いるかどうかの問題ではないのです。私だけが特別かどうかが問題なんです〟

〝なるほど。分かった。ではそのとおりにしよう。この力はお前と喋《しゃべ》るときにしか使わない〟

シレンツィオはそう頭の中で考えた後、まじまじと羽妖精を見た。

〝ところで今気づいたんだが、なんで服を着ないんだ〟

〝最初から裸でしたけど？　それともこの抜群ボディに欲情しました？　欲情しました？〟

〝最近老眼がな〟

〝近づきましょうか〟

〝それがちょっと遠いほうがよく見えるんだ。いや、実際にやらんでいい。俺はただ、枕や布団を出せるのなら服を出してもいいだろうと思っただけだ〟

〝妖精にとって服というのは特別なんです。なんなら服を与えてくれてもいいんですよ？〟

〝妖精というものは色々面倒くさい掟《おきて》があるのだな。いいだろう。服を用意する〟

羽妖精は空中静止しながらあぐらをかいて顎を手のひらの上に乗せるという器用な真似《まね》をした。

〝あのですね、シレンツィオさん。そこまでやっといて名前を聞かないのは本当にどうかしていると思うんです。もはや常軌を逸してます〟

〝服を渡されたことと求婚を同程度に思うのはどうなんだ〟

「こんこん」

扉を叩く音を真似たであろう声に、羽妖精とシレンツィオは顔を見合わせた。慌てて襟に隠れる羽妖精。シレンツィオは襟を正した後、どうぞと声をかけた。

扉が開いて、エルフの幼女が姿を見せた。扉に半ば隠れるようにして、こちらを窺《うかが》っている。流れる金髪が、美しく輝いていた。

「おじさま？　……すみません。可愛らしいお声がしたので新しいお友達《ともだち》が来たのかと……」

「勘違いをさせたのなら失礼。お嬢さん」

シレンツィオは片膝をついて頭を下げた。襟が激しくカンフー動作をしているが、シレンツィオは無視した。

「俺はシレンツィオ・アガタ。今後顔を合わせることもあると思う、よろしく頼む」

「まあ、丁寧にありがとうございます。わたくし、エンラン伯爵家ゆかりのものでテティスと申します」

幼女はドレスの裾を持ち上げて視線を下げる挨拶をした。頭の上に本でも乗っているような、見事な背筋の安定だった。

「恐れ入る」

テティスは目線を上げて、年相応の仕草で周囲を見た。色の薄い長いまつ毛だとシレンツィオは思った。

「あの、おじさまの護衛対象はどこにいらっしゃるのです？」

「護衛対象、というのは良くわからないが、今度寮の人間に尋ねておこう」

〝なーんで幼女相手にいままで聞いたことないような優しい声出しているんですか、いやらしい！〟

〝子供には親切にしておくものだ。習わなかったのか〟

〝目の前の子は多分シレンツィオさんより少し年上だと思いますけど〟

〝だったらなおのこと優しくするのが筋だろう〟

〝オレサマ・フラッグブレイカーの上に年上好きロリコンまで乗ったら設定過積載ですよ。地獄の暴走ダンプカーですよ〟

〝言ってることは一つも分からんが不満そうなのは分かった〟

〝エルフなんて足蹴にしていいと思います〟

〝俺は女を足蹴にしたりはしない。女の腹から生まれたもんでな〟

〝私を窓から投げ飛ばすのに？〟

〝過去にこだわるのは趣味じゃない〟

驚き顔のテティスが突然くすくすと笑いだした。背伸びしてシレンツィオの耳元に顔を近づける。

「二人だけの秘密にしますね？」

「なんのことだろう」

「寮に羽妖精を持ち込んだら、厳しい罰があるんです」

なんで分かったとシレンツィオが驚く間に、テティスは少し離れた後、後手になって身体を回した。

「あと、年下だったのですね。シレンツィオくん。ふふ。お友達になってくださいね」

そう言ってテティスは走り去った。シレンツィオはテティスの可憐《かれん》さに苦笑した後、襟に蹴っ飛ばされた。

〝何にやけてるんですか。どう見てもあの人テレパシストじゃないですかやーだー！〟

〝テレパシストとはなんだ。古代語のようだが〟

〝テレパスを使うのがテレパシストですよ。シレンツィオさん。まずい、まずいですよ。あの糞幼女に我々の秘密と弱みが握られてます。消しましょう、今すぐ消しましょう〟

〝消すとはなんだ〟

〝殺して土に埋めるんです〟

シレンツィオは諌《いさ》めるように襟を撫《な》でた。

〝散々エルフを殺した俺だから言うんだが。殺しが楽しいのは相手が強敵だったときだけだ。後は作業だ〟

〝作業すべきです〟

〝それが面倒くさいから船から降りたんだ〟

シレンツィオはそう言った後、この学校で暮らすことにした。羽妖精が言う通り、シレンツィオにはいささか常軌を逸するところがあった。彼は表情一つ変えることなく、自分を子供扱いするエルフや幼いエルフに囲まれて勉強する生活を受け入れている。事案である。

シレンツィオはいわばこの合法事案を、心底楽しもうとしていた。確かに心の中は明るく楽しかったようである。事案だが。

事案はさておき、シレンツィオは取り敢えず、寝具を買いに行っている。この小さな寝台では太ももから先が突き出てしまうので、それを最初に改善しようと思ったのだった。

〝なんで寝具を買いに行って道具屋に向かうんですか。シレンツィオさん。寝具が売られているのは寝具屋ですよ〟

〝寝台は趣味に合わない〟

彼が買ったのは縄である。これを随分と買った。シレンツィオは縄にうるさく、品物選びで羽妖精がうんざりするほどであった。

〝なんで200mも買うんですか、そもそも運べないじゃないですか！〟

〝馬車で届けてくれるそうだ。次は食材だな〟

現在寮の食堂は休みであり、新学期が始まる新年までは、自力で食事をどうにかする必要があった。

彼は真剣そのものの顔で食材を買い漁《かあさ》り、高いと顔をしかめている。この街に至るまでの経路上の道が細く険しいために、輸送費がかなり上乗せされていたのである。

〝良くない傾向だ〟

〝シレンツィオさん良かったですね。私の食費はほとんどかかりませんよ。やりましたね？〟

〝食費の問題ではない。食事内容の問題だ〟

〝意外に美食家ですよね、シレンツィオさん〟

〝陸《おか》にいる間にうまいものを食べないでどうする〟

〝もう船乗りじゃないんだから……って言っちゃ駄目なんでしょうね。すみません。お詫《わ》びに花嫁になってあげます〟

〝気にするな〟

〝今の本気で言ってますから〟

〝だろうな〟

〝名前を聞いてくれません？〟

〝聞かない〟

頭の中の会話が途切れた。シレンツィオは難しい顔で食材を吟味し、買い付けたあとで小物屋に寄っている。

その後寮に戻ると、床の上に座った。襟から羽妖精が出てきた。そして恨みがましい目でシレンツィオを見るのである。

〝あー。なんでこんな美少女の頼みを聞かないかなあ。エルフなんかよりずっといいのに。あとあいつらと違って私は本物幼女ですよ。生まれて六ヶ《か》月です。年下好きのシレンツィオさんとしてはぐっと来ませんか。ぐっと〟

〝その割には言葉が達者だな〟

〝寿命が短い分、記憶の継承能力があるんですよ。つまり私は大体いつも幼女です。良かったですねシレンツィオさん。最高じゃないですか。幼妻。ひゅーひゅー〟

シレンツィオは小物屋で買ってきた白いハンカチを取り出した。金の刺繍《ししゅう》入りである。さらには銀のブローチも取り出した。

〝これをトーガのように巻くのはどうだ〟

羽妖精は機嫌を直すかどうか迷った顔をした。半眼のまま喋り始める。

〝ご機嫌取りですか？〟

〝約束を守るだけだが？〟

〝もう一声〟

〝甘いものを作る〟

〝子供あやすみたいで腹立たしい気もしますが手を打ちます。良かったですねシレンツィオさん、私が寛大な女で〟

〝寛大というより、世間一般では面倒くさい部類だと思うぞ〟

〝うーん。そうなんですよねえ。若干それは私も思っています。でも仕方ないじゃないですか、シレンツィオさんが頑固だから。名前を聞かないと始まらない物語だってあるというのに〟

〝始まらんでもいいだろう。俺もいい年だ〟

〝そうおっしゃるのなら、さっさとこのエルフの学校から出ていくのがいいと思います。連中に付き合っていたら多分、二、三回学年あがったところでシレンツィオさんの寿命が尽きてしまいますよ？〟

〝だろうな〟

〝面白がってます？〟

〝ああ〟

〝そういうの、変態と言うんです〟

〝他人が何を言おうと知ったことか〟

〝はぁぁー、なんでこんな人が〟

〝こんな人が？〟

〝なんでもありません。どうですか？〟

羽妖精はハンカチの服を着こなして見せた。妖精から見ると大きすぎるブローチは腰につけている。少し離れて飛びながらくるくる回ってみせた。

〝似合うぞ。一輪の白百合《しらゆり》のようだ〟

〝口説いてます？〟

〝正直な意見を言っただけだが〟

〝女の敵め。でもお礼は言ってあげます。私、寛大な女なんで〟

〝その調子だ。なにかに固執して生きていくことは苦しみでしかない〟

羽妖精は近づいてシレンツィオの顔を観察した。

〝それは実体験ですか〟

〝そうだ〟

〝心が傷ついてます？〟

〝どうかな。自分ではそういうことはわからないものだ〟

〝傷ついてないと言わなかったということは、心のどこかで傷ついているのでしょう。私が癒《い》やしてあげてもいいんですよ？〟

〝俺を癒やしてどうする〟

〝どうするんでしょうね。最近良くわからなくなりました〟

シレンツィオはどういう意味だろうと思ったが、すぐにドアを叩く音に意識を向けた。

〝また偽幼女エルフですかねえ〟

〝さてな〟

羽妖精を隠して扉を開ける。幼いエルフの少年が立っている。少年というよりももっと幼い気がする。しかし幼児というよりは大きい。利発そうな顔立ちだった。どこか心配そうな顔でシレンツィオを見上げている。結構寮に残る者がいるのだなとシレンツィオは思った後、それもそうかと思い直した。あの険しい道を思えば、帰省のたびに何度も往復するのは危ないだろう。大人が抱えて歩くにせよ、強風が吹けば命があるかは微妙なところだ。

シレンツィオは片膝をついた。

「なにか、用だろうか」

「あの、縄がいっぱい来たんだけど」

「ああ。来たのか。ありがとう。注文をしていた」

少年は両手を広げた。

「でもいっぱいだよ」

「ああ。いっぱい頼んだ」

シレンツィオは立って縄を受け取りに行く。少年は心配そうについてきていた。歩幅を落として
シレンツィオはゆっくり歩いた。

「間違って注文したのなら、一緒に謝ろうか？　きっと許してくれるよ」

「縄というのはどれだけあってもいいものだ」

「そうなの？　でもいっぱいだよ」

いっぱいと言うたびに両手を広げる仕草が愛らしく、シレンツィオですら少しだけ頬《ほお》を緩めた。

「大丈夫。そうだな。どう使うかを見るのもいいかもしれないな」

「うちの母さんは洗濯物を干すのに使ってるよ」

「悪くない使い方だ」

シレンツィオは二〇〇mの縄を寮の入り口で受け取った。四五mの縄が五組である。厳密には二〇〇mを超えている。四五mという数字なのは、エルフの度量衡が人間のそれと違うためだった。エルフ中心主義であるエルフは惑星の大きさから単位系を作ることをせずに自分の身体の部位で長さの単位などを決めていた。四五㎝はエルフの成人男性の肘から中指の先までのおよその長さであった。

両肩に縄の一組ずつを担いで三往復である。少年はそのいずれにもついてきた。手伝おうとしたがとても持ちきれず、それでただついてきている。手伝いのつもりであろう。

親切な少年もいたものだ。シレンツィオはあるきながら少年をちらりと見た。

「俺はシレンツィオ・アガタだ」

「俺、マクアディ・ソンフラン」

「ソンフランと呼んだがいいか」

おぉ、と少年が驚いた表情をするのが謎だったが、シレンツィオは特に言及しなかった。少年は心持ち歩く速度をあげてシレンツィオの前に出た。

「ちゃんと家名を呼んでもらったの初めてかもしれない」

「このあたりでは名を呼ぶのが普通なのか」

「ううん、違う。俺、いつもソンフランって言われちゃうんだ。ソンフランなのに」

「そうか。では俺はソンフランと呼ぼう」

「うんっ」

少年は嬉しそう。シレンツィオは自室に戻ると早速縄で寝具を編み始めた。釣床である。古代語ではハンモックという。

興味津々でマクアディ少年はシレンツィオの手仕事を眺めた。

「釣床には縄で編むものと布で作るものの二種類がある。俺は縄で作る方が好きだな」

「釣りに使うの？」

る。

「いや、寝るのに使う」

シレンツィオは丈夫そうな柱を見極めて釣鉤《つりばり》を釘《くぎ》で打ち付けた。釣床を吊《つ》るして上に乗って見せる。

「すごい！　冒険みたいだ」

マクアディ少年の目が輝いた。

「確かに冒険にはよく使うな。変な虫やヤシガニにやられないようにするには地面から離れていたがいい」

「すごいすごい!!」

マクアディは大興奮である。

「とはいえ、問題がないわけじゃない。慣れない者が使うとすぐ腰を痛める。寝返りが打ちにくいからな」

「どうするの？」

「数時間おきに起きて寝直す」

えぇーという顔をマクアディはした。寝たら朝までぐっすりの少年には難しい話であった。

「まあ昼寝にはいいんじゃないか。そのうち一つ作ってやろう」

「いいの!?」

「友人になった記念だ」

マクアディの嬉しそうなこと、天に昇りそうな顔だった。彼が去った後、シレンツィオも上機嫌で釣床だの投げ縄だの、仕掛け縄などを作っている。

至近距離で羽妖精がその様を見ていた。

〝じー〟

シレンツィオは鼻歌を歌いそうな顔で作業をしている。

〝じとー〟

〝それはどういう意味があるんだ〟

〝実は男でも良かったんですね〟

〝なんでも色恋に結びつけるな。それにな〟

シレンツィオは表情を変えずに口を開いた。

〝誰しも子供ではあったのだ。俺もな。子供の頃は水夫の一人の横に座って、手仕事を眺めていたもんだ〟

〝エルフを船乗りにして楽しいんですか〟

〝船乗りにはならんだろう。ここは陸軍の幼年学校で、さらにいうとルース王国で海に面するのは北の端だけと聞いたことがある〟

〝私と話すときもあんな感じがいいです。声が低くて優しい感じの〟

〝鎧結びをしているが、覚えるか？〟

〝いえ、結構です〟

〝だろうな〟

シレンツィオは不機嫌になった様子もない。羽妖精はと言えば空中で腕を組んであぐらをかき、横に転がったまま空中静止するという離れ業を見せた。

〝どうすればシレンツィオさんを攻略できるんでしょうね？〟

〝攻略してどうする〟

〝そう言うと思っていました。もういいです〟

〝そうか〟

そろそろ夕刻である。シレンツィオは夕食を作っている。なお、ニアアルバの夕刻とは日の入りの三時間前からを言う。なのでかなり日の高いうちから夕刻ということになる。灯りの乏しい時代はこの区分が普通で、今も気象用語としての夕方の定義などに名残がある。

シレンツィオは寮の庭に出ると竈《かま》を作って火を焚《た》いた。この時縄の端をほぐして焚付《たきつけ》にしている。火が無事に大きくなった後はハムを串に刺してゆっくり回し焼きしながらスープ代わりに香草で茶を立てた。これに加えて網を持ち出し、芯をくり抜いたりんごに半乾酪を入れて焼き出した。りんごにシワが入り半乾酪がとろけだすと、なんともいい匂いが漂い始めた。

襟から羽妖精が顔を出した。

〝りんごとクリームチーズ！　絶対美味《おい》しいやつじゃないですか！〟

〝だろう？〟

しかし警備兵がやってきてシレンツィオは怒られた。料理は厨房《ちゅうぼう》でやれというお小言である。シレンツィオはそうなのかと驚いた。

〝え、今のは驚くところですか？〟

〝艦長と言えども厨房に入るには料理人の許可を得るものだ。普通なら絶対にやらない〟

〝ここは海じゃなくて人間の国でもないんですけど〟

〝そういえばそうだな〟

警備兵はいい感じに焼けているハムを羨ましげに見た後、次回からは気をつけるようにと言って去っていった。シレンツィオは無表情で見送った後、乾酪を火で炙《あぶ》ってパンに挟んだ。これに焼いたハムを挟んで食べるのである。肉厚のハムがちぎれる音は幸せの音であった。

〝うまい〟

残念ながら羽妖精は肉を食べないのでその感想に同意しなかった。小難しい顔で焼けていくりんごを見て、顔を上げた。

〝良い焼け具合です！　りんご食べましょうよ。シレンツィオさん〟

〝切り分けるから先に食べていていいぞ〟

羽妖精はシレンツィオの鼻先まで近づいた。祈るような顔でシレンツィオを見ている。

〝絶対私のこと大好きですよね、シレンツィオさん〟

〝これくらいで大好きだったら、今頃大好きだらけだな〟

むぅと言う顔をした羽妖精だったが、りんごを食べると笑顔になった。

〝美味しいですよシレンツィオさん！〟

〝酸っぱいやつだが火をかけるとこのとおりだ〟

ちなみに、酸っぱい果物は船乗りの必需品である。壊血病対策に必要だからである。古くはこの果物の種類でどこの国の出身か分かったものである。アルバではりんご、ニアアルバでは檸檬《れもん》とりんごが船乗りの間で食されていた。この時代、無用の果物という別名がある檸檬だが、船乗りに限れば大変に愛食されていた。

一人と一妖精でうまーと楽しんでいると、暴力的な匂いに負けて一人の少年がふらふらと寄ってきた。この際りんご一つをまるごと抱えて妖精が襟に逃げたので、シレンツィオの首は大変なことになっている。表情豊かな人物であれば飛び上がって熱いと騒いでいたであろう。

「ソンフランか」

シレンツィオがそう言うと、マクアディ・ソンフランはそうだよと言いながらシレンツィオの前に座り込んだ。長い耳まで垂れている。そして不満そうに声を出した。

「なんだよそんな匂いさせて、お腹空《す》くだろう？」

「食事は取ってないのか」

「宮廷料理を食べさせてやるとかで待たされてるんだ。あと三時間は食べられないみたい」

「あぁ」

シレンツィオが食べるのは夕食。マクアディが誘われたのは晩餐《ばんさん》であろう。後者は必然として日が落ちた後に灯りをつけて食事をするのでその分金がかかっている。当時庶民は夕食を食べ貴族は晩餐というふうに分かれるのが普通であった。灯りに使う油の価格が庶民の一日の日当に迫るためにそのような状況が起きている。この状況が改善するまでにはまだ二〇〇年ほどかかった。

大変だなとシレンツィオがハムを食いちぎると、マクアディの腹が盛大に鳴った。エルフでも腹は鳴るのだなと、シレンツィオは思った。

「分けてもいいが……」

「本当!?」

「ああ、ただ、晩餐の方がうまいと思うぞ。腹を空かせて晩餐を食べた方がいいんじゃないか」

それはシレンツィオの忠告だったが、マクアディはハムの焼ける匂いを鼻いっぱいに吸い込んだ後、目を見開いた。

「無理、日の入りまで待てない!」

普段夕食を取ってるのならそうだろう。シレンツィオは納得して、調理用ナイフでハムを削ると、新たに串に刺した。

「焼き加減はどうする」

「俺、カリカリしてるぐらいが好きだな」

「厚めだから中は柔らかいがいいか」

「むしろそういうのがいい」

「そうか」

それで肉を焼き始めたところ、竈の火が爆発した。咄嗟《とっさ》にシレンツィオはマクアディをかばって後ろに跳んでいる。

〝着火の魔法ですよ、シレンツィオさん! 初級魔法ですが攻撃に使えます〟

羽妖精の警告を聞きながら攻撃者を見る。探すまでもなくゆっくりと近づいてくる黒服、執事風の年のいった銀髪のエルフ。片手剣を手に無造作に歩いてくる。

「マクアディさま、お食事前に間食なさるとお嬢様が悲しまれます」

エルフ語でそう言った後、シレンツィオを見て顔を歪《ゆが》めた。いるはずのない場所で仇敵《きゅうてき》を見つけた顔であった。

『あぁ……？？　なんでニアアルバの悪鬼がここにいる？』

こちらはだいぶ崩れたアルバ語であった。マクアディが言葉の意味をわかりかねて左右を見る中、シレンツィオは立ち上がって銀髪のエルフを見返した。

『ニクニッスで負けすぎてこっちに逃げたのか、それがいい。せっかく見逃してやったんだ。長生きするがいいだろう』

銀髪のエルフの目に殺意が宿った。

『殺すぞ糞野郎』

『やってみろ』

「二人は知り合いなの？」

マクアディの声に銀髪のエルフは身を引いた。虫も殺さぬ笑顔を見せる。

「いえ。知り合いに似ておりましたが、人違いだったようです」

そう言って再度シレンツィオに顔を近づけた。

『今夜、この場所だ。殺してやる』

笑顔になって恭しく頭を下げる。そのままマクアディを担いで銀髪のエルフは去っていった。残されたのは盛大に燃える竈と、焦げたハムだった。

〝ハムを粗末にするものは自分がハムにされても文句は言えない〟

〝エルフを食べるんですか!?〟

〝まさか。そういう言い伝えだ〟

〝商人の？〟

〝いや、オークという種族のだな〟

〝オークは食べないほうがいいですよ。確かに貪欲なところは豚さんに似てる気もしますけど〟

〝そうなのか〟

〝でも、人形《ひとがた》種族を食べるなんてゴブリンだってしませんよ。そんなこと〟

ゴブリンとは緑の子を意味する小柄なオーク種で、神話の時代からオークの幼体成熟種《ネオテニー》であると信じられている。もともとは闇の子を名乗っていた種族だったが、この頃秋津洲《ミドルアース》に起きた政治的激変によって急速に名乗りを変えつつある。

〝そう言えば、エルフは羽妖精を串焼きにしたり佃煮にするとか言ってたな〟

〝はい。でも、私たちはエルフを佃煮にしようとは思っていません。せいぜい殺すだけです。文明妖精なので〟

〝なるほど。エルフを敵視していたのは復讐心《ふくしゅうしん》からか。すぐ殺せと言うから何かと思った〟

襟から出てきて羽妖精は心配そうにシレンツィオを見た。小さな手をシレンツィオの頬に当てる。

〝それだけじゃないんですけど。すみません。言い方に気をつけます〟

〝なにかあったか〟

〝……わかりません。なんとなく。シレンツィオさんが怖かったので〟

〝アルバでは男はみんな狼《おおかみ》だと言うな〟

シレンツィオは竈を片付け、火の始末をつけると部屋に戻った。そのままいくつか縄を編むと、日暮れとともに寝た。外套を敷布団代わりに釣床の上において、帽子を目深《まぶか》に被《かぶ》って寝ている。その日は羽妖精がシレンツィオから離れず、シレンツィオの顔の横にくっついて寝た。

それで、夜更けになり、さらには朝になった。

脱いでいたハンカチを胸に当てつつ、羽妖精は大あくびをした。

〝朝になりましたねえ、シレンツィオさん〟

〝太陽に合わせて動くというのは変な気もするが、そうだな〟

〝船乗りは違うんですか？〟

〝船乗りは船の都合で動くものだ。具体的には機械式時計と当直表で動く〟

〝あんまり自然派ではないですね〟

〝風まかせではあるんだがな〟

食材を持って寮の厨房に行き、りんごの檸檬漬けを作る。りんごを切って器に入れ、輪切りの檸檬を入れ、最後に一匙《さじ》砂糖を入れる料理である。檸檬はサランダの市場で調達したものであった。りんごも檸檬も航海に耐えられるものでそれなり以上に日持ちする。りんごについて言えばこのルース王国でも冬の間中食べられる貴重な果物になっていた。

〝シレンツィオさん。この料理は火を使わないんですか〟

〝使わんな。りんごは切った後すぐにも変色をはじめるが、檸檬と一緒だと何故《なぜ》かそれを抑えられる。まあ、海水というか塩水でもいいのだが〟

〝塩よりは檸檬の方がいいです。これは私のためにですか？〟

〝連続でりんごなのは許せ。冬は野菜が少なくてな。食えそうな野草を調べて集めるべきかもしれん〟

〝嬉しいです〟

そういった後、羽妖精は襟から身を出してシレンツィオの顔を眺めた。

〝シレンツィオさん、絶対私のこと大好きですよね。誰にも言わないので言ってください〟

〝これぐらいで好意と受け取るな。一体何人の男と結婚するつもりだ？〟

〝一人ですけど？　そもそもそんなに寿命ないと思いますよ。私〟

〝ならばなおのこと簡単に相手を判断するな〟

シレンツィオも朝食は同じくりんごの檸檬漬けである。これは薪を勝手に使うのも気が引けるためであった。ニアアルバの常識では薪は貴重品であった。ルース王国でも似たりよったりではなかろうかと思ったのである。

朝早いせいか、誰も厨房にはおらず、シレンツィオはエルフに対して呆れている。

〝どこの料理人も暗いうちから仕事をするものだと思っていたが〟

〝新学期までは料理人も休みなんですよ、きっと〟

〝そういうときこそ新人を鍛えないでどうする〟

料理用のナイフを器用に回しながらシレンツィオは言った。もっとも、この地の食材の価格の高さから考えれば、ここで新人を鍛えるのは難しいかもしれない。新人は麓で修行をしているのかもしれない。

できた料理を持って食堂に行き、一人と一妖精は並んで食べ始めた。この食堂、ひたすら長い机が並ぶ方式である。

〝昨日と違ってりんごがしゃきしゃきしてまふね。少しの酸味がいい感じです〟

〝加熱がなくて甘みが足りない分は砂糖で補っている〟

〝ふむふむ。高級な砂糖まで使うとはシレンツィオさんの愛情だと思っておきます〟

一人と一妖精が並んでうまーとしていると、徹夜でもしたか目の下にクマを作った銀髪のエルフが食堂に入ってきた。一人と一妖精は並んでその顔を眺めた。

〝大変ですよシレンツィオさん！　あの人確か〟

〝もう食わんのか〟

〝あ、食べます〟

一人と一妖精でしゃくしゃくしていると、銀髪のエルフは屈辱に顔を歪めた。

『昨日の言葉を忘れたか、ええ?？　劣等人は記憶力まで劣等なのか』

『喧嘩を引き受けたとは言っていない。売買不成立だ』

〝シレンツィオさん、あのエルフには塩対応ですよね。結婚申し込みとかされたんですか？〟

〝お前に対する対応とあれを一緒にするな〟

〝まあ、そうですよね。私は砂糖とかもらってるし。砂糖かぁ。羽妖精に砂糖なんて溝《ドブ》に金塊投げ込むようなものですよ〟

〝俺はそう思わん〟

〝ですよね。私、シレンツィオさんのそういうところが好きです。恩を押し付けないところも好きです。それと……〟

『だんまりか!!』

〝うるさいなあ。対応してあげたらどうですか？　シレンツィオさん〟

〝分かった〟

シレンツィオは顔をあげて銀髪のエルフを見た。

『食事中だ。黙れ』

『馬鹿にするのもいい加減にしろ……目の玉引き抜いて焼くぞ』

『食堂は食事をするところだと言っている』

「必ず殺す」

エルフ語で言って銀髪のエルフは去っていった。シレンツィオは無視した。その横顔を羽妖精が見上げている。

〝いいんですか？〟

それはあんなに怒らせていいんですかという意味であったが、シレンツィオはそう取ってない。

〝エルフの佃煮は食わんのだろう？　だったら殺すまでもない〟

とはいえ、あの怒りようである。ただで済むはずもない。シレンツィオは相手をバカにはするがバカではなかった。

〝今日明日夜襲が来るだろう。避難していていいぞ〟

〝いやです。私を守ってくださいね。シレンツィオさん〟

〝そちらは心配しないでもいいが、血が出るのは好きではないように見えた〟

〝私は気にしない派閥ですけど〟

〝そうか〟

新学期が始まるまでは日中も暇であった。シレンツィオは学校の中を物珍しそうに歩きまわっている。休み中のせいか生徒はまばらで、縄を気にしていたマクアディやおじさま呼びのテティスが例外的な存在であることがわかった。

中庭には池があり、東屋《あずまや》があった。普段は大量の学生が可愛らしい男女交際をする場所なのだが、今の時期は寒いこともありまったくの無人である。それゆえ、襟から羽妖精が飛び出してきた。好き勝手に飛び回り、地面を指さしながら空中静止した。

〝悪趣味ですね。そう思いません？　シレンツィオさん〟

〝そうなのか〟

〝そうです。見てください、この模様。魔法陣ですよ〟

シレンツィオは東屋に書かれている模様を見た。言われてみれば、リアン国に行くときに用いた転移陣に見えなくもない。溝を切って作られている。

〝これは例の転移をするやつか〟

〝そうですが、座標指定もないし、接続先の空間もデタラメですね。これに魔力を込めた日には何が起きてもおかしくありません。座標が直交した結果核融合がおきて、国ごとなくなる大破壊が起きてもおかしくもなんともありませんよ〟

〝物騒な話だが、ここは子供も利用するところだ。地上の流儀は分からんが、そういう危ないものは普通置かないのではないか〟

〝だから悪趣味なんですと言いたいところですけど、言われてみればそうですね。うーん。どうなってるんだろう〟

羽妖精がああでもないこうでもないと飛び回る間、シレンツィオが東屋の長椅子に腰掛けていると、向こうから薄い本を持った少女が現れるのが見えた。テティスやマクアディよりもだいぶ年長で、人間で言えば一三、四はいっているであろう。羽妖精は慌ててシレンツィオの襟の中に隠れた。

そのまま歩き、目を大きく開いた後、回れ右して歩き去る少女。シレンツィオは席を立つと恭しく声をかけた。

「利用するつもりだったのであれば問題ない。使ってくれ。席は温めてある」

襟が暴れたが、シレンツィオは表情を崩さなかった。

ちなみに少女はどうかというと、全力で逃げた。

〝さすがにあの舞台役者みたいな挨拶はどうかと思いますよ。シレンツィオさん〟

〝アルバでは普通なんだが〟

〝ありていに言っておじさんがやってると、きめえです〟

〝そうか〟

それでシレンツィオは少女を追いかけている。

〝浮気者ぉ！〟

〝男は港ごとに花嫁を持っていい。それはそれとしてこれは違うぞ〟

少女は走る速度でシレンツィオにまったく勝てていない。すぐに追いつかれて尻もちをついて、後ずさって涙目になって薄い本で顔を隠した。

「失礼お嬢さん。怖がらせたらすまない」

そう言ったシレンツィオの襟が激しくカンフーしている。

「一つだけ聞いて欲しい。あそこの東屋には不完全で危ない魔法陣がある。座って読書するだけならいいかも知れないが、気をつけてくれ」

少女は長い耳を上下に揺らして返事をした。頷《うなず》いたらしい。肝心の顔は薄い本に隠れて分からない。

「感謝する。起き上がる手伝いをしても？」

少女は長い耳を左右に揺らした。拒絶というか首を横に振ったようだった。

「そうか。繰り返すが、怯《おび》えさせてすまない」

シレンツィオは帽子を取って頭を下げると背を向けて歩いた。

〝なーんか。私の時と対応違いません?〟

襟というか羽妖精がカンフーを続けながら喋りだした。

〝そんなことはない〟

〝ほんとかなー〟

〝本当だ〟

そう言って自室に戻ると先客がいた。正確にはシレンツィオの自室の扉を叩き、蹴りながら銀髪のエルフが文句をがなりたてていた。

『食事はもう終わってるだろうが!! 出てこい悪鬼!!』

〝食事中は待っててくれたみたいですね。シレンツィオさん〟

〝少々荒っぽいがな〟

〝そうですねえ〟

羽妖精がテレパスであっと言うのと、扉の蝶番《ちょうつがい》が外れて銀髪のエルフがつんのめるのは同時であった。そのまま室内に転げ入り、中に仕掛けてあった多数の縄の罠《わな》に引っかかっている。釣り上げられ首を絞められひっくり返されという惨状である。

銀髪のエルフは気を失っていた。

〝えーと。どうします? シレンツィオさん〟

〝捨ててくる〟

〝燃えないゴミの場所分かります?〟

シレンツィオは頷くと銀髪のエルフを担いでゴミ捨て場に投げ入れている。燃えるゴミ扱いであったら火葬されていたはずであるから、少しの優しさはあったと言うべきであろう。

二章

（4）

それで数日が過ぎた。新学期の始まりである。

生徒たちが続々集まってくる。シーリア海で建造される船の中で一番大きなガレオン船の乗員で二隻半、一〇〇〇にも及ぶ結構な人数にシレンツィオは驚いたが、実際には従者や召使いも含まれるので、全体としての数はさらにその四倍に及んだ。この時代、四〇〇〇人という人数自体は特筆することはないが、場所を考えるとシレンツィオが驚いてもおかしくない。この人数があの山道を通ってきたと思えば良い。

〝食料が更に高くなるな〟

〝冬ですしねえ〟

シレンツィオと羽妖精は頭の中でそう会話した。

この人数が一度に入る講堂を、大講堂といい、幼年学校では一箇所だけあった。子どもたちが並ぶ中、一人だけ飛び抜けて長身のシレンツィオがいるという様はさぞかし違和感があっただろう。貴族などが派遣してくる保護者の代わりになる見届人が、何度もシレンツィオの姿を見直すような有様であった。

〝シレンツィオさん注目されてますよ！　良かったですね。良かったのかな〟

〝エルフにもちゃんと違いが分かる者がいたんだな〟

警備兵を除き、ここに来るまで誰にも何も言われず子供扱いされていたので、シレンツィオはそういう感想を口にした。

〝そりゃーまあ、あの校長でしたっけ？　あの女の人が変なのでは〟

〝そうかもな〟

しかし本当にそうか。目の悪い者が一国の軍関連施設を取り仕切れるものであろうかと、シレンツィオは思ったが羽妖精と話をしても答えなど出てくるわけでもない。うやむやのまま、入学式と新学期式典を合わせたものが始まっていた。シレンツィオは新入生である。新入生はいずれも八歳であった。

エルフの年齢で八歳は人間で言うなら三二歳である。これでも昔よりはだいぶ育つのが早くなったという。シレンツィオから見るとエルフの八歳は人間の八歳となんら変わらないように見え、具体的には列を作って並んだり、等間隔になって歩いたりするのが苦手な子もいるように見えた。必然としてシレンツィオは、それらの世話をした。言われてやったのではなく、見かねて自発的にやったのである。

校長の話を聞いている途中で力尽きて寝る子を数名抱え、最後は中々面白い姿になっている。

〝シレンツィオさんのそういう姿、なにか好きです〟

〝似合わないと言ってもいいんだぞ〟

〝似合わないのがいいと思うんです〟

〝そういうものか〟

式が終わると数名の従者が駆け寄ってきた。それぞれに子どもたちを引き渡し、教室へ向かう。

シレンツィオはこの幼年学校を神学を研究する大学のようなものと思っていたが、実際はそれとだいぶ違っていた。幼年学校は、現代で言うならば小学校、中学校により近い形である。違いと言えば黒板が存在していないことくらいである。これはまだ黒板が発明されていないことによる。

シレンツィオは背の高さの関係で一番後ろの席になる。

そこに並べられた椅子と机を見て、これは無理だろうと思ったが、椅子を使わず座布団を敷いて座ることでなんとか高さは調整できそうなのが分かった。問題はエルフの国に座布団がないことである。なにせ、対応するエルフ語がない。

〝作るか〟

〝お手伝いしましょうか?〟

〝とはいえ大きすぎるからな〟

猫の手と羽妖精の助けと言えば慣用句で役立たないことを示す言葉である。座布団は寝具の布団ほどではないにせよ、羽妖精からすれば十分すぎるほど大きかった。シレンツィオはそこに配慮したのである。

羽妖精は得意そうに甘い声で囁《ささや》いた。

「やっぱり私のこと大好きですよね?」

〝どうかな〟

教室の中には見知った者もいた。テティスがいたのである。確かエンラン伯爵ゆかりと言っていた。扉を叩《たた》く代わりにこんこんと言う少女である。

「おじさま……　違った、シレンツィオくん？」

「おじさまでいいぞ。実際おじさまだ」

「そうなんですね？　エルフとええと、人間では感覚が違うのですね」

エルフ語でエルフのことを人間といい、我々の言う人間のことを劣等人、または古代人という。実際テティスの言葉ではそれらの言葉を使っているが、話がややこしくなるので以後エルフはエルフ、人間は人間と書く。ただ正しくはそうなっているというのは覚えておいていただきたい。この言葉の認識の違いが過去やこれから起きる大戦争の遠因になる。

「そうだな」

「わかりました。ではおじさまとお呼びします」

テティスはそう言って花がほころぶように笑った。将来はさぞかし美人になるに違いない。その姿を見るにシレンツィオにはいささか時間が足りなそうではあるが、特にそれを残念とは思わなかった。見通しだけで十分というものだ。

テティスはシレンツィオの横に座った。

「わたくし、今思ったのですけれど、なぜ人間がルースの幼年学校に入ってきたのですか？」

「一度見てみたくてな」

「それはいい話ですね。わたくしも、家の事情がなければどこか遠くの学校に行ってみたいと思っていました」

「ほう」

家の事情とはなんだろう、とは思いもしないし顔にも出ないのがシレンツィオである。船から降りたといっても陸地のことに興味が出たわけではない。

テティスは少し微笑《ほほえ》んだ。

「おじさまはわたくしの事情を知っているのですか？」

「いや、知らない。そうだ」

シレンツィオは持ち歩いている香草の袋から一つを選んで取り出した。中から取り出したのは花である。乾燥させた花だった。幾重にも花弁が重なる花で、色は黄色と橙《だいだい》の間くらいであった。この花、大昔のアルバではありふれた香草だったのだが、現在ではアルバ本国では取り尽くされて絶滅しており、ニアアルバでもかなり限られた場所でしか取ることができないものである。

「綺麗《きれい》なお花ですね」

「これは茶だ。綺麗なのだが、調理法を間違えると台無しになる」

「どんなふうになるのですか？」

「苦味が出る。家の事情も身の上話も同じようなものだ。事情もしらんのにいじろうとすると不味《まず》くなるし、最悪バラバラになるな」

「ばらばらになったら、綺麗ではなくなりますね……」

「きれいなまま調理する方法もある」

「わたくし、とても興味があります」

「今度見せよう。ともあれエルフの家の事情は俺には分からない。どう付き合えばいいのかは教えてくれ」

「はい。わかりました。おじさま」

〝なーんか、幼女に甘くないですか、シレンツィオさん〟

〝いつもどおりだ〟

〝だったら、私は特別扱いしてくださいね〟

シレンツィオは返事をせず、くすくす笑っている隣のテティスを見るだけだった。

教師が入ってきて授業が始まる。シレンツィオの場合、机の高さがあっていないが今日一日は我慢するしかなさそうだ。

陸軍の幼年学校というのでどんなものかと思ったが、学ぶ内容は初等、中等教育として家庭教師を呼んで教える内容とあまり変わらないようであった。専門的な軍の教育などはまったくないし、貴族政治のいろはもない。

単純に、家庭教師に集団を面倒《めんどう》みさせようというのが幼年学校かとシレンツィオは理解したが、実際それは間違っていない。ただこの方式はエルフの平民や準貴族層にも教育を与えるという意味で画期的だった。分厚い人材層の構築に成功しているのである。

〝ふーむ〟

〝シレンツィオさん、八歳に混じってその頷《うなず》きはなんかヤバいです〟

〝意味が分からんが、疑問に思うことがある〟

シレンツィオの疑問とは、落ちこぼれである。家庭教師と違って集団に教えていく以上、要領の悪い子供が落ちこぼれていくのではないかというものであった。

我慢できなくなったか、先程からシレンツィオをちょくちょく見ていたテティスがテレパスを飛ばした。

〝留年するから大丈夫ですよ〟

ついていけなくなったところから、もう一度やり直しがあるので大丈夫だという。科目ごとに最大八回まで留年することができ、平均で三、四回は留年するという話であった。シレンツィオはなるほどなあとうなずいた後、実力を試すと言われて算術の問題に取り組んでいる。商家の息子で艦隊の補給も面倒見ていたことから流石《さすが》に間違いようがなく、満点の出来であった。

〝さすがです。シレンツィオさん。無双ですよ、無双〟

〝八歳に混じってその評価はどうなんだ〟

〝え。でも人間は、この程度もできない人いっぱいいますよね〟

教育制度が整っていないこの頃は実際にそのとおりである。シレンツィオはそれもそうかとうなずいた後、羽妖精に問うた。

〝この程度というからには、羽妖精は得意なのか〟

〝お任せください!!　大昔は羽妖精ではなく電子妖精と言われるくらいに得意ですよ。答えを教えましょうか?〟

〝全部解いて正解までもらったあとなんだが〟

〝もっと難しい問題でもどうですか?〟

襟が胸を張ったところで、テティスが問題を解きながらテレパスを使った。

〝そのようなことをするので羽妖精は学校で持ち込みを禁止されているんですよ?〟

覗き見《カンニング》である。シレンツィオが黙っていると、襟がぐねぐね曲がりだした。

〝だってしょうがないじゃないですか、自慢したくなるんです〟

〝商人の計算を手伝ってやれば喜ばれるんじゃないか〟

〝駄目ですよ。そんなことやれば一生鳥かごか虫かごで計算させられるだけの哀れな妖精にされてしまいます〟

〝なるほどな。それはありそうだ。羽妖精も大変なのだな〟

〝大変なんですよ! いつだって。ということで、気の毒に思ったのだったら名前を尋ねてください〟

〝おやめになったほうがいいですよ。おじさま。羽妖精に名前を尋ねると強制契約されると言われています〟

〝結婚だろう?〟

〝いいえ。そんな生易しいものではありません〟

しばらく頭の中が静かになった。教師が出来が良いのであれば飛び年と言って学年を飛ばせるので試験を受けるようにと言っている。

〝あの……シレンツィオさん……〟

〝気にするな〟

シレンツィオはいつもの調子でそう言ったが、羽妖精はそれから口を開かなくなった。

羽妖精が黙っていると、時は早く進む。邪魔者がいないともいう。どの教科でも最高点を取っている。無双である。もっとも虚《むな》しいというか、出来て当然の話であった。人間換算で確かに八歳程度の難易度であった。

飛び年というものを重ねて行けるところまで行くかどうするかとシレンツィオが悩んでいると、テティスがおずおずと言った様子で話しかけてきた。

「あの、おじさま、お昼の時間ですけれど、一緒にお食事に行きませんか？」

「それは構わないが、貴族の付き合いがあるのではないか」

八つだろうとなんだろうと貴族には人間関係派閥関係という面倒くさいものがついてくるものである。陸軍ならなおさらである。乗員武器など、積みこめる量が船の大きさで決まっている海軍に対し、陸軍は人を集められるだけ集められ、数の力でどうにかすることもできなくはなかった。だからこそ陸軍は大きな派閥を作り、まずは政治の面で動員力を高めようとする。それはもう陸軍の生まれついた宿命というべきもので、種族の差はない。

長じて陸軍の指揮官になるであろうテティスを、シレンツィオは心配したのである。

「そこは大丈夫です。おじさま。私は活躍することを望まれていませんから」

「男じゃあるまいし」

「え？」

テティスはちょっと何を言っているのか分からないという顔をした。ここは海でもないし人間の国でもないと羽妖精に言われたことを思い出し、シレンツィオは苦笑して説明をすることにした。

「俺の国では女が貴族や商家の当主をやっていてな」

「ルース王国とは逆なのですね……」

「そうなのか。ではまあ、そういうことだな。俺の国では男がルース王国の女のような扱いだ。なるほど。そうだったのか。自分で言っておいてなんだが、この国は男が貴族の本流なのだな。この学校の校長は女性だったんだが」

「例外も例外だと聞いています。大昔に戦争で王家に劣らぬ大活躍をしたのだとか。それでもこの程度なのです」

テティスは幼年学校の校長が女エルフの出世の限界であると示した。学者にも士官学校の教官にもなれないとも。

「なるほどな」

大艦長が男爵家に叙されるようなものかと、シレンツィオは理解した。そう思うとあの校長、エムアティに親近感が湧く。

シレンツィオが一人納得していると、テティスはおずおずといった様子で尋ねてきた。

「あの、女性が貴族の当主って、それでうまく行くのでしょうか」

「まあまあだな。少なくとも魔法が使えなくてもエルフに滅ぼされてはいない程度にはうまくやっている。もっとも、元々はルース王国と同じで男が権力者だった時代もあったらしい」

ところが、アルバは土地が貧しい上に面積も少なかった。そこで糧を海や、海の外に求めるしかなかった。海洋国家アルバの始まりである。この時船には男が乗り、女が残って土地や子を守った。

「それが歴史と伝統になったのですね？」

「そうなるな。海というところは恐ろしいところだ。男はすぐ死んでしまい、歴史や伝統の紡ぎ手は女になった」

「陸に残ろうとした男性はいなかったのでしょうか」

「いた。が、それでは家が豊かにならない。どんどん廃れていった。なにせ海にでなければ遺跡しかない。それがアルバだった」

「なるほど……」

「ともあれそれで女が当主になるのが普通になった。こうなってくると男が政治的活躍をすると非常に面倒になる」

八歳のテティスには言えないが、男の貴族がどんどん胤《たね》をばらまいて自分の子を束ねる形で大領地にする可能性がある。それでは困ると、いつの頃からか女たちの間で協定のようなものが結ばれた。男の貴族を夫には迎えない、男の貴族とは子をなさないという不文律である。これを破ると周囲領地から攻め滅ぼされる。

「人間の国に生まれていれば、私は幸せだったんでしょうか」

そう呟《つぶや》くテティスに、シレンツィオは片目を瞑《つぶ》って見せた。

「生まれた国は選べないが、行く国は選べるぞ。現に俺はここに来た」

テティスはシレンツィオの表情を窺《うかが》おうとした。

「それは……この国で出世をなさるという意味ですか?」

「まさか。出世より遠くに行くほうが俺の趣味だな」

ところで幼年学校低学年の昼休みは長い。二時間ほどもある。寮に帰って従者に食事を作らせたりするためである。それまで好き勝手に偏食していた子どもたちを、ゆっくり陸軍の伝統である粗食に慣らしていくための経過措置だった。食材が高すぎるこの地に学校が作られているのも、その一環であろう。昼休みは最終学年では四五分になり、こうなると食堂で皆と一緒に食べるしかなくなる。

シレンツィオはテティスと歩きながら、昼食をとることにした。向かうはテティスの部屋に隣接する厨房《ちゅうぼう》である。普段は使っていないという。

それどころか、護衛もおつきも見当たらない。女であるという以上の事情があるのだろう。シレンツィオは口にはせずに心にとどめた。貴族の子としてこれでは捨てられているも同然である。

代わりに口にしたのは別のことである。

「食い物に好き嫌いはあるか」

「まともな貴族は好き嫌いを口にできないと思います。名産品を有する他の貴族との間に、意図しない軋轢《あつれき》を生むことがありますから」

「なるほど。では、普段食べているものはどうだろう。それなら話せるのではないか？」

「黒麦のパンとベーコンを食べます。それと、酢漬けの野菜です。スープになるときもあります」

酢漬けと言った時にわずかに顔をしかめて小さな舌を見せたのを見てシレンツィオはそうかと言った。好き嫌いを隠し通せていないように見えたが、そこの教育は俺がやらんでもいいだろうと思っている。シレンツィオは貴族になんの興味もなく、価値があるとも思っていなかった。

それより、エルフもベーコンを食べるのかとシレンツィオは考えたが、この時代、肉を保存食にするにあたっては乾燥させるか塩漬けにするか燻製《くんせい》にするか、あるいはそれらを組み合わせるしか方法がない。また豚の食肉としての優秀さは世界共通でもある。距離にして二万㎞離れた上に種族が違えど似通ってしまうのも当然ではあった。

「ベーコンには胡椒《こしょう》を？」

「黒いつぶつぶはあの……お手柔らかに」

「分かった。ベーコンは硬いのが好きか？」

「か、硬いのもお手柔らかに」

硬いのも苦手というのであれば、黒麦のパンも苦手に違いない。黒麦はアルバではライと呼ばれていて、元々は小麦に擬態した雑草である。食味は小麦に劣る。しかし元が雑草のため荒れた土地でも良く採れ、畑から小麦を駆逐してしまうことも度々だった。

とはいえ、その作りやすさというより駆除の難しさから、最初から小麦を諦めて黒麦を作る農家もたくさんあった。

シレンツィオはそれとなく身構えているテティスを見て、考える。

なるほど。要するに子供むけの料理だなとシレンツィオは頭の中で献立を組み立てる。いつぞや作った肉団子を出せば喜ばれるだろうが、ひき肉を作るには時間がかかりすぎた。

そこでシレンツィオが献立に選んだのは、アルバ軍の強さの秘密とも言える乾生地を使った料理である。麺などに使う生地を切ったり整形したあとで乾燥させたものであり、アルバやニアアルバでは生地を意味するパティスティーリアを縮めてパスタと呼んでいた。この言葉、大変に大雑把《おおざっぱ》で乾燥させても非乾燥でもパスタ、菓子に使う生地でもパスタという。

パスタには長いものもあるが普段食べ慣れない者にとっては食べるのが難しいものでもある。それで短いものを使うことにした。花の形をかたどった色とりどりのパスタで、これを茹《ゆ》でて使う。

パスタは本来海水を用いるが、今回は海水と同じ濃度になるよう塩を入れた。ついでに塩漬けの非加熱ハムを料理用のナイフで薄く削った。

味付けは植物油ににんにく、唐辛子を入れて香りを引き出し、胡椒と刻んだ香草を入れつつ茹で汁を入れて乳化させたソースである。アルバではアーリオオーリオペペロンチーノといい、順ににんにく、植物油、唐辛子を意味する。材料名を並べただけなことから分かる通り、厳密には料理とみなされてはいないのだが、船乗りは良く作った。手軽だったのである。

「できたぞ」

「随分と早いのですね？」

「そうか？」

花の形のパスタと塩味を強く感じすぎないように薄く切ったハム、刻んで乗せられた香草の香りに、テティスの顔が綻んだ。

「食べていいぞ」

「いえ、でも招いた主人が先に食べないと」

「なるほど。そういう風習があるのだな」

「風習というか貴族の習慣ですね。毒殺されぬように、という」

「嫌な習慣もあったものだ」

ニアアルバの貴族社会にもそういう風習があるのかなとシレンツィオは思ったが、まあ無視しようと思った。根本的に他人に合わせることに意義を見いだせないのである。

シレンツィオが匙《さじ》で花の形のパスタを口に入れると、弾力のあるパスタの食感に続いて控えめな唐辛子の風味と豊かなにんにくの香りが鼻から抜けた。油は乳化して油感がなく、パスタによく絡んでいた。たまに食べる生ハムが、味に変化を与える。

唐辛子も胡椒も控えめのアルバ本国準拠の味付けである。テティスは熱心に食べていた。こちらの様子を窺うこともなく、会話すらしないあたりが、この料理の評価だったと言えるであろう。

こういうのが幸せなのかもしれんなあと、シレンツィオはのんびり思った。

それなりの量をよそったのだが、テティスはものの数分で完食してしまった。少しばかり残念そうなのを見て、シレンツィオはもっと量を作ればよかったかと思ったが、単に食べ慣れていないだけかもしれないと思い直した。

「人間は……見た目の美しいものを食べるのですね」

「いや、それは単に俺が銅貨代わりに持ち歩いているものだ」

この時代、全般として通貨不足である。通貨の根底を成す金銀銅がそもそも不足していた。さりとて信用経済が成立するほどの民度も信用構築もなく、結果通貨不足を補うために補助貨幣として多彩なものが使用されている。乾燥させたパスタはその一つである。見た目の綺麗なパスタはアルバやニアアルバでは銅貨代わりとして広範囲に用いられていた。これは五〇〇年ほど後に発掘された宝箱からパスタがでてくるという笑い話にもつながる。

「財貨になる食べ物って……よろしいのですか。私はいわば銅貨をぱくぱく食べていたのでしょうか」

ぱくぱくという言葉の響きが面白く、シレンツィオは彼にしては珍しく、少しだけ微笑んだ。

「自分で作っているのでない限り、すべての食い物は銅貨でまかなっているものだ。気にしないでいい」

感心した様子のテティスに、シレンツィオは言葉を続けた。

「実際のところ、俺の国では普通すぎてよく分からん」

「想像もつかないほど遠い国から来たのですね」

「そういうことになるな」

シレンツィオはついでにとお茶を入れた。交易で手に入れた小さなガラスの容器の中にテティスに見せた乾燥させた花を入れ、そこにお湯を注ぐのである。しばらくするとお湯にほんのりとした色が出て、花らしい香りが立ってきた。

「花茶という」

テティスは身を乗り出して花が開く様子を見た。気に入ったようである。

「きれい。おじさまの国は美について特別な感性をお持ちなのですね？」

「美というか、食い物についてはうるさいな。この茶はお湯の温度管理が難しくて、美味《うま》く飲むのに熟練がいる」

「そもそも花を飲もうなんて思いつきもしません」

「そうだな」

花茶に少しの砂糖を入れて、テティスに出す。砂糖を入れたのは配慮である。甘ければたいていの子供はうまいと感じるからだ。実際テティスは両手で椀《わん》をもって、うまそうに茶を飲んだ。

「宮廷でもきっとこんなに美しい食べ物はないと思います」

「それは言いすぎだと思うが、少しは表情が明るくなったな。良いことだ」

こういう時にすぐに反応が来るはずの羽妖精からの反応がないのは少し残念ではあった。シレンツィオは心のなかで苦笑して自分が羽妖精がいることに慣れていたなと思った。

明るくなったと言われて少し恥ずかしそうなテティスを見て、シレンツィオは声をかけた。

「俺は人間なのでそんなに長くは生きられないだろうが、それまでよければいつでもいいに来るといい。テティス嬢が行きたいと思う遠い場所に連れて行こう」

テティスはシレンツィオをじっと見た後、小さく呟いた。

「おじさまは私を悪いエルフにしたいのですね」

「人は船、人生は航海のようなものだ。船の行き先を決めるのは船長、つまり自分だ。良いも悪いも自分で決めた方が、死ぬ時後悔が少ない」

「結局は後悔するのでしょう?」

「好き勝手にやってもな。そういうことだ」

シレンツィオがちと子供には難しいか、いや同い年だしなと思っていると、テティスは抱っこをせがむように両手を広げた。

「それならば、私、テティスは高いところから周囲を見てみたいです」

シレンツィオとしては一生に一度、それもお守りくらいの気持ちで遠くに連れて行くと言ったのだが、テティスはそう取っていなかったようである。シレンツィオは眉をかすかに動かしたあと、心の中で苦笑してテティスを抱きあげて鉤縄《かぎなわ》を取り出した。

「武器、ですか?」

「いや、道具だ」

それを窓の外へ投げ出して、屋根のへりに引っ掛けている。耐荷重を確認した後、シレンツィオはテティスを抱えて建物の屋根にあがった。風は冷たいがその分空は晴れ渡り、いつもより青が深く見えた。

テティスが喋《しゃべ》っているが、風が強くて良く聞こえぬ。外套《がいとう》の中にテティスを入れてやろうとしたら外套から小さな手が出てきてテティスの背を押して入ってくるのを拒絶した。羽妖精は外套を自分の家かなにかだと思っているようだった。

仕方ないので自分の身で風よけになっていると、テティスが大きな声を出した。

「抱き上げてくれるだけでよかったのに！」

「そうだったのか」

生まれた国が違って文化が違うせいか、行き違いばかりだなとシレンツィオは思ったが、面白かったのでわずかに笑った。風に長い髪をたなびかせながら、テティスも笑った。彼女の場合は涙が出るほど笑った。

「私、おじさま好みの悪いエルフになります」

そんな話だったのかとシレンツィオは思ったが、何も言わなかった。

それからテティスは背筋が伸びて、どこか堂々とするようになった。歩く姿も可愛《かわい》らしいと凛々《りり》しいが混じった感じになり、物憂げなところは見られなくなった。僅かな変化だが、それでも周囲の注目を集めるようになった。

シレンツィオはその姿を遠目に見て片眉をあげると、いい話だと思うことにした。なにか問題があれば、抱えて遠い国に行けば良い。そのために貴族の地位をふいにするのも面白いと考えた。

(5)

午後の授業を終えて部屋に戻る。以前聞いた話では二人部屋が基本でこの部屋にも同室のものがいるはずだが、姿はない。この国では珍しい人間だから一緒の寝起きを嫌がられたかなと思ったが、それ以上は考えなかった。興味がなかったのである。

〝食事がいるな。なにか食べたいものはあるか〟

頭の中でそう念じるも、返事はない。シレンツィオは特に表情を変えることもなく、部屋を出て、学校の敷地を散策し始めた。

何をするかと言えば、食材探しである。アルバから持ってきた食料にも、あるいはここに至るまで買い集めた食材にも限りがある。休みの日には一度麓まで行って食料を購入せねばなるまいが、それ以外にも食べることができそうな野草や香草は是非集めておきたい。エルフの食堂に出てくる料理に期待はしないシレンツィオだった。陸軍の食事は粗食の上まずいと、海軍籍の人間はだいたい宗教のように信じているが、これはシレンツィオも同じだった。

うまいエルフ料理というものも体験したいものだ。シレンツィオはそんなことを考えながら敷地内の林に入った。普段訓練に使われているだけのこの林は、シレンツィオの目から見れば食材庫のようなものであった。

問題はアルバと違って植物が見慣れないものが多く、それらが食用かどうか判断できないことである。このためシレンツィオは植物を集めて、後で詳しい者に尋ねるか、標本と照らし合わせようと考えていた。

なおこの時代に図鑑はなく、植物の本の記載は文字情報だけだったから、同定するのはひどく難儀した。シレンツィオが本に頼ろうとしなかったのはこの時代の当然ではあった。

「何してるの?」

林をうろうろするところを見つけて寄ってきたのは、外で遊んでいたマクアディ・ソンフランである。

「野草を探そうと思ってな」

「薬を作るの?」

「いや、うまい草もたまにはある」

「今度うちの畑で採れたものをあげるよ」

マクアディはそう言って、笑顔を見せた。

「畑のものもいいんだがな」

シレンツィオは林と運動場の境目くらいの場所に目をつけた。

「あった」

「枯れてるよ。ほんとに食べるの？」

「いや、狙いは下の方だ」

シレンツィオは外套の中から穴を掘るための短剣を取り出した。アルバではまだ円匙《えんし》が普及しておらず、代わりに穴掘り用の短剣という妙なものがあった。断面が樋《とい》のような形をしており、少しの土であれば掘り進められる。

「これだ」

シレンツィオが掘り出したのは太い根であった。

「キクイモと言ってな。意外にうまい」

「ふうん。凄《すご》い取れるんだね」

「いや、これはちょっと異常だな」

「あ、これは？」

「これは俺の故郷にないものだが食えるのか」

「食べれるよ。母さんが畑の横のあぜ道で、よく集めてた。ナズナっていうんだ」

「食い方は分かるか」

「うん。花、茎、葉、あと根っこが食べられるよ」

「そりゃ随分有用な植物だな。種以外は食べられるのか」

「腹にたまらないけどね」

そうかと返事したところで、再度テレパスでの割り込みが入った。

〝シレンツィオさん、囲まれようとしています〟

〝機嫌は治ったか〟

〝機嫌の問題ではありません。でも、緊急事態ですから〟

シレンツィオはそうかとうなずくと、マクアディを担いで林の奥へ向かった。どうしても逃げられず、多対一で戦うときは見通しが悪く、足場も悪いところへ向かうのが基本である。シレンツィオは基本を守った。

〝多分敵です、数七〟

羽妖精が冷静に情報を送ってくる。

〝エルフか〟

〝多分〟

〝少ないな〟

〝七人は十分に多いと思います〟

『悪鬼ぃぃ。よくも俺に屈辱を重ねたなあ。勝負をつけようじゃねえかぁ！』

〝あの声、前にハムをコゲコゲにした人ですよね〟

〝そうだな。名前は忘れたが、昔ニクニッス海軍で士官をしていた〟

〝恨まれてますね〟

〝感謝されていいはずなんだが〟

〝一応伺ってますけど、何をしたんですか〟

〝別に、普通に戦争をして情報を取るために生かしただけだ。多少拷問はしたが〟

〝うん、自業自得ですね。って、それでなんでエルフの国に来たんですか！〟

〝俺はエルフを殺してたんじゃない。敵を殺してただけだ。別にエルフ嫌いなわけでも恨みがあるわけでもない〟

〝襲ってきてる敵はそうでもないと思いますよ〟

〝心の狭い奴《やつ》らだ〟

〝道理でこの辺だけ土地の魔力が多いわけです〟

〝前に、自然破壊とかでこの地は魔力がないとか言ってなかったか〟

〝はい。でも魔法が使える生き物の血の中にも魔力はあるので……〟

〝死体が埋まっている、か〟

〝ここは演習地みたいなんで、誰かの鼻血とかだとおもいますけど。まー、今みたいな状況でも使ってるんでしょうね。だれかの闇討ちとか私的制裁とかに〟

〝なるほど〟

シレンツィオはマクアディを抱えたまま、高い壁の場所についた。学校の敷地の外れだった。振り返る。銀髪のエルフが髪を乱して怒っている。

『相変わらず汚いヤツだ。人質を取りやがって』

『相変わらずというからには過去にも例があったのか』

シレンツィオが表情を変えずに問うと、銀髪のエルフは怒り狂った。

『お前は正面から戦わない！　いつもだ！』

『戦争はそういうもんだろう』

『黙れ』

『ところでお得意の魔法は使わんのか』

『焼き殺したんじゃ面白くねえだろうが!!』

『そうか』

シレンツィオの淡々とした返事を合図に六人が同時に切りかかってくる。シレンツィオは無造作に投擲《とうてき》用の短剣を懐から取り出して投げた。三本投げて三本刺さる。腕で頭を守った刺客の一人が転がりながら叫んだ。

「腕が燃える！」

『人間とやり合った時散々味わったろう。久しぶりの鉄はどうだ』

〝エルフだけでなくて羽妖精というか妖精全部、鉄に弱いんですけど〟

〝気をつけよう〟

何を気をつけるのかシレンツィオはさらに二人を倒している。エルフが魔法を使う間もなく顔を殴り飛ばし、顔面を掴《つか》んで持ち上げて力を込めた。みしみしという音とともに掴んだエルフの頭蓋から液体を漏れさせている。人間とエルフの肉体能力の差が如実に出る展開だった。

次の瞬間やられる味方の陰から銀髪のエルフが目にも留まらぬ斬撃を加えた。構えも何もないところからの斬り上げだった。視界の外からの攻撃で大抵の相手はこれで手傷を負うのだった。その攻撃をシレンツィオは剣を見ずに手首を掴んで止めると片腕でエルフの腕を握りつぶして金的を蹴り上げた。指を二本無造作に持ち上げて目に突き入れようとする。

「やめてよ！」

マクアディの声にシレンツィオは反応し、指を何度か屈伸させた後、収めた。

『また命拾いしたな』

『お前の頭蓋骨を煮込んでスープの出汁《だし》にしてやる』

シレンツィオは鼻で笑った。羽妖精もマクアディも見たことがない、酷薄な笑顔だった。

『できるならな』

銀髪のエルフの剣を持つ手の指を不自然な方向に折り曲げて、シレンツィオは笑顔で離れた。マクアディには見えない角度での攻撃である。痛みにうずくまる銀髪のエルフをよそに、シレンツィオはマクアディを見る。その表情はいつもの眠そうな顔だった。

「迷子かなにかと思ったようだ」

「ほ、ほんとに？　どう見ても殺すとかそういう雰囲気じゃなかった？」

「ソンフランは殺しをしたことがあるのか」

シレンツィオが尋ねると、マクアディは首を左右に振った、泣きそうな顔だった。

シレンツィオは片膝をついて彼にしては優しい表情を作った。

「じゃあ、覚えておけ、殺し損なうと恨みが残る。残った恨みはいつまでも追いかけてくる。だから確実に殺せ。これは海でも陸でも変わらん。種族の違いすらない、ただ一つの正しい教えだ」

「怖いよ」

「怖くない。死んだやつは怖くない。雰囲気ではなく結果を見ろ、ソンフラン。俺は殺してないいんだから殺し合いではない」

〝腕潰して指折ってますけど〟

〝どうせ連中は回復魔法で治す。人間とは違う〟

〝やっぱりシレンツィオさんは私の見込んだ通りのエルフを殺し回る人ですね。でも、なんだか嫌です〟

〝嫌か〟

〝嫌です。……エルフは嫌いですけど。シレンツィオさんはのんびり料理している方が好きです〟

〝そうか〟

シレンツィオはマクアディを見て優しい声で言った。

「ソンフラン。軍というところは〝こういう〟ところだ。嫌ならやめておけ、平時の軍隊なら大丈夫とかは思うな」

マクアディ・ソンフランの後世を思えば、この助言は大変に役立ったと言わざるをえない。シレンツィオは短剣を回収すると、人間の言葉で「次はお前たちの幼い主《あるじ》を殺す、その腸《はらわた》をお前たちの首にかけ、俺ではなく雇い主に家族ごと殺されるようにしてやる」といつもの表情で語った。

〝シレンツィオさん……〟

〝実際にやらないためのまじないのようなものだ。結構効果がある〟

〝シレンツィオさん資料よりずっと殺伐としてませんか〟

〝どんな資料だ〟

〝あ……〟

それで羽妖精は、また黙り込んでしまった。

シレンツィオは自室に帰ると表情を変えず、喋らなくなった羽妖精の対応《ケア》を始めている。

そもそも、なぜ黙ったのか。

シレンツィオはいつも通りに大抵のことは何も気にしていなかったが、羽妖精としては名前を尋ねることについて騙《だま》していたという引け目があるようである。

問題は気にするなと言っても気にしてしまっていることである。こうなると気にしていないと何度言ったところで意味がない。シレンツィオの気持ちの問題ではなく、羽妖精の気持ちの問題である。

さてどうするか。食べ物でつられてでてくるかと思いきや、昼の様子からしてそういうこともない。ほっておくかともちらりと思ったが、それはそれで目覚めが悪い。結婚だの契約だのはさておき、羽妖精のことは嫌いではないのである。

考えるうちに日は傾き、夜になっていた。近い方の月が満月で、灯《あか》りには困らないのが幸いである。これが新月だと暗すぎて料理することも難しくなる。

シレンツィオは考える。

北風でいくか西風でいくか。船乗りにしか分からない言葉である。一応両方を準備するか。

シレンツィオは北風案として、虫を燻《いぶ》すための草を出した。虱《しらみ》や蚤《のみ》を一掃する船乗りの必需品である。これがないとまともに寝られないともいう。

少し考えて、西風案も出すことにした。煙で燻しだすのもどうかと、今更思ったのだった。西風案は地図である。

「羽妖精の生息域はアルバの東、迷信深い島々か、南の亜大陸の更に南、秋津洲《あきつしま》だな」

「迷信深い島々の羽妖精は羽妖精を隣人と呼ぶ人間に守られているものだ。となると、ここ、秋津洲か」

秋津洲とは古くは蜻蛉洲《あきつしま》と書く。古くは蜻蛉《かげろう》をアキズと読み、それに適当な表音文字をあてたものである。そのまま、蜻蛉の形をしていると言われる洲《しま》である。

「まあ、一〇〇日もあれば帰れそうだな」

そう言ったら、襟から羽妖精がでてきた、恨みがましい目つきであった。というよりも泣きそう。いや、いま涙が落ちた。

「そこまで嫌わないでも勝手に死にますから放って置いてください」

〝人聞きの悪いことをいうな。こっちに連れてきたのを悪いとは思っているから、帰れるようにしてやろうと思っていただけだ〟

〝結構です〟

ぷいっ、と羽妖精は横を見た。西風作戦は成功である。シレンツィオは喜んだが表情にはなんの変化もない。

〝そう言うな〟

〝私が嫌いなら嫌いと言えばいいじゃないですかばかー!!〟

〝そんなことは言ってない〟

〝エルフを私の家に入れようとしてたくせに〟

〝やはり俺の外套を家代わりにしていたか。まあそれはさておき〟

〝全然っ、さておきじゃありませんよ！　エルフは最悪で最低なんです。それなのになんです。お花さん一号と二号まで食べさせるなんて！〟

〝花茶とパスタのことか〟

〝そうです〟

〝名前を勝手につけるな。家具にしてたのか〟

〝寝る時に抱きついてました〟

〝まあ、あまり寝心地はよくなさそうだな。良いものは別途探してやろう。それでだ〟

なんです、と目で語る羽妖精に、シレンツィオは尋ねた。

〝それでどういう指示だか指令だかを受けてきたんだ？〟

シレンツィオの言葉に、羽妖精の動きが止まった。そのままシレンツィオはテレパスを飛ばした。

〝俺もバカではない。俺を狙っているだろうというのは、だいたい想像がついていた。てっきり誘われるなら西方三獣国《アリストテレス》かスパニアだと思ったんだがな。まさか秋津洲とは。グランドラ王が羽妖精を使うなど聞いたこともないので、おおよそイントラシアの大軍師かなにかだろう。違うか〟

羽妖精は黙って服を脱ぐと畳んで床に置き、全裸になって空中土下座した。

〝そのとおりです。私はイントラシア妖精空軍《IPAF》特別大隊《スペシャルバタリオン》第三国工作班の軍曹でありました。今も忠誠はイントラシアにあったと思っています。任務にあたって名前は捨てました〟

〝なるほどな。羽妖精を軍に使うか〟

〝あの、口答えが許される身ではありませんが、一つ申し開きをさせてください。イントラシア妖精空軍は羽妖精の意思で自発的に設立されたものであり、ガーディさまは一切関係ありません。関係ないのです。それだけは、それだけはご理解ください〟

〝ふーむ。それをわざわざそう申し立てる理由はなんだ〟

〝シレンツィオさ……シレンツィオさまの性格から考えて、ひどく怒ると思いました〟

〝誰をだ？〟

〝ガーディさまを〟

〝分かった。大軍師は一旦置いて置こう〟

シレンツィオは大軍師への殺意を棚に上げ、一度考慮から外した。目の前の羽妖精と自分のことに関係はないと思ったからである。

〝その上で、羽妖精が政治をやったところで俺には関係がないし興味もない。ただ、悪いところまで人間の真似《まね》はしないでいいと思うがな〟

〝……それが怒る、だと思います〟

〝そういうものか〟

〝はい〟

羽妖精は土下座のまま、喋りだした。

〝愚かにもアルバ国は自国の至宝、最強の宝剣である大艦長、シレンツィオ・アガタを手放しました。私の受けた任務はそれの取り込みでした〟

〝それ以外にもあったのではないか〟

〝……はい。北大陸側のエルフにつくならば、死を、と。これは妖精空軍の決定です。これもガーディさまとは一切関係ありません〟

〝そうか〟

〝言い訳にしか聞こえないと思いますが、私は殺そうとは思っていません……とても殺せませません〟

〝そうか。いや、何も言わないでもいいぞ〟

〝言わせてください。言うだけ言ったら鉄の短剣に抱きついて死にますから〟

〝いや、死なんでもいい〟

シレンツィオはわずかに眉を下げた。彼にしては珍しいことであった。

〝お前が何を考え、どんな狙いを持っていようと、俺には関係ないし、興味もない。俺を殺したいならば殺せばいいのだ。ただし反撃はする。イントラシア妖精空軍だろうと大軍師ガーディ・タウだろうと同じことだ〟

羽妖精は地面があれば額を押し付ける勢いで空中土下座している。

〝私たちは、いえ、私はシレンツィオさんが深く傷ついていることに気づいていなかったのです〟

〝前にも言っていたな。それは〟

〝はい。シレンツィオさんは傷ついています。そんな人を戦いに巻き込むのは、酷《ひど》いことだと思いました〟

〝自覚もなにもないが〟

〝捨て鉢に見えます。なにもかも〟

シレンツィオは生まれてこのかたずっとこうだったんだがと思ったが、テレパスにはしなかった。誤解を解くのも面倒くさいし、誤解を解いて羽妖精にしつこく勧誘されるのも面倒くさいと思っていた。シレンツィオにとって重要なのは羽妖精がいる生活も悪くないということだけであって、それ以外に特に興味はなかった。怒りどころか共感性まで母の腹に置き忘れていたのである。

シレンツィオの沈黙をどう思ったか、羽妖精は顔をあげた。

〝私がそんなことを言う立場にないのは分かっています。ですが、この言葉に嘘《うそ》はないことを命を以《もっ》て証明します。ですから……〟

〝ですから？〟

〝シレンツィオさん、そんなに世界に絶望しないで〟

妖精は激しく泣いた。シレンツィオはというと、これがまんざらでもなかった。もとより女嫌いではない。そしてシレンツィオに限っては、嫌いではないはだいたい好きであると同じであった。

〝女に泣かれるのも悪くない〟

〝何言ってるんですか変態ですよ〟

〝そうかもな。とはいえ泣き止《なや》め。いつまでも泣かれては美しい顔が台無しになる。それに俺が傷ついているというのであれば、俺を癒《い》やせばいいだけではないか。なぜ死ぬ〟

〝世の中はシレンツィオさんが思うほど簡単ではないんです。羽妖精ですらそうです〟

〝具体的にはどういうことだ〟

〝私は自分の忠誠を裏切り、深く傷ついているシレンツィオさんに追い打ちをかけるように裏切っていました。もはや生きてはおれません〟

〝そうか〟

〝はい〟

〝とはいえ、羽妖精のいない生活というのも不便なものだ。なにせ口を動かすのが面倒くさい〟

〝そこは嘘でもいいから寂しいとか言うべきです〟

〝寂しい〟

ううう、と羽妖精は怯《ひる》んだ。目がわずかに泳いだ。ずるいと思ったのは間違いなかった。

〝それに忠誠を違《たが》えることもなかろう。俺はエルフの味方になる義理もないんだから殺す必要もない。ただ勧誘に無限に時間がかかっているだけで別段裏切りでもなんでもない。お前はただ俺を癒やせばいい。任務が増えた程度に思えばいいのではないか〟

〝悪魔みたいなこと口走ってますよシレンツィオさん〟

〝物は言いよう、心の持ちようだ〟

シレンツィオはそう言って、羽妖精を見つめた。

〝俺を癒やせ〟

〝絶対絶対私のこと大好きですよね。シレンツィオさん〟

〝まああだな〟

〝嘘でも好きだと言うべきです〟

〝お前は嘘が嫌いだろう〟

〝言い直します。シレンツィオさんは単に意地悪なだけです〟

〝そうかもな。ところでなぜ服を脱いだ?〟

〝服は妖精と主人の雇用関係を意味するものです。それを脱いだというのは関係の解消を意味します。私なりに筋を通そうと思いました〟

〝そうか。裸も悪くはないが、自分が買った服を着せるのもそれはそれで楽しいものだ。着てくれ〟

〝絶対私のこと大好きですよね。シレンツィオさん〟

〝それでいいから〟

羽妖精は顔を真っ赤にして照れて横を向いた。

〝羽妖精を口説く人間なんて変態ですよシレンツィオさん〟

〝口説いてはいないだろう。これぐらいで口説きとか言われたらアルバの男は全員が色男だ〟

〝ラスボス第二形態があるぞとかいいですから！〟

羽妖精は怒りながら恥ずかしがってハンカチを身に巻こうとした。

〝あの、着る前にお尋ねしますけど、一応鑑賞されます？〟

〝いいな。だが今日は寒い。暖かくなったら、その時にゆっくりな〟

〝へんたいへんたいヘンタイ〟


それで仲直りの証《あかし》に食事を作ることにした。調理はまたも校庭である。深夜なので見つからないだろうという判断である。シレンツィオさんより甘いのがいいのですと羽妖精が言うので、シレンツィオは花茶を入れつつ、キクイモでクレスペッレを作った。

キクイモを細かく刻み、乾酪と塩をわずか、小麦粉を少し、のばすために葡萄酒《ぶどうしゅ》を入れよく混ぜて熱した鉄板に植物油を置いて薄く焼き上げる。これをクレスペッレという。上に砂糖をのせて折りたたみ、ナズナの若芽をちらした。

〝食うか〟

〝わーい〟

羽妖精は小さく切り分けたものを抱えて大きく食べると、口の中で砂糖の音をさせた。

〝ジャリジャリですね。あまーい〟

〝俺は乾酪とハムを合わせて食うか〟
しばし会話なく、二人が食べる音だけがした。
〝シレンツィオさんは甘いものも得意なんですねえ〟
〝そうでもないが、お前が食うなら得意になりそうだな〟
〝今のは口説きですからね。絶対〟
〝違うと言ってるだろう。だがまあ、マルメラータを作るべきだな〟
〝マルメラータってなんですか〟
〝果物を砂糖で煮て泥のようにしたものでな〟
〝古代語ではジャムというんですよ。わーい。ジャム大好きです〟
〝そうか〟
それで満足して、釣床で寝た。羽妖精はシレンツィオの顔に抱きついて寝ている。

（6）

翌日になると、羽妖精はシレンツィオの周りを上機嫌に飛んでいる。

〝今思ったんですけど、名前を尋ねてくださいと言うべきだったなあって。惜しいことをしました〟

〝そうか〟

〝そうです。まあでも、今でも十分な気もしてきました〟

〝欲深いほうが長生きすると言うぞ〟

〝憎まれっ子世にはばかるってやつですね〟

〝違う気もするがまあいいか〟

朝食は食堂で済ませることにした。毎食作るのもめんどうだったからであるが、あまり美味そうなものもなく、黒麦のクッキーとお茶だけにした。茶は自前というか、乾燥香草を用いた香草茶である。

クッキーは植物油でまとめられており、ほのかに甘い樹液の味がした。ほろほろと砕けるのは良いのだが、味に深みがない。

〝よく言えば素朴な味ですね。しかし、なんでこう、ここの人たちは頑《かたく》なにバターを使わないんでしょうか。絶対使ったほうが美味《おい》しいと思うんですけど〟

〝牛酪か。価格が高いのかもしれんな。それにまあ、陸軍と言えば粗食なものだ。これが普通でも驚くに当たらない〟

〝うへえ、最悪です、最悪ですよシレンツィオさん。こんな国捨てて私と旅にでましょう。イントラシアに行きましょうとか言いませんから、もっと甘いものがあるところにですね〟

〝それも悪くはないが、もう少し見て回りたくはある〟

〝じゃあ、甘い物作ってくださいね〟

〝分かった〟

シレンツィオは黒麦のクッキーをいくつかくすねた。

〝これは私へのおやつですか？〟

〝もっと甘いものがいいんだろう？〟

〝それはもう〟

話をしていたら、小走りでエルフの幼女が寄ってきた。テティスであった。シレンツィオに抱きつかんばかりで、実際抱きつくところを外套から出てきた羽妖精の手で拒絶された。テティスは年齢に合わない冷たい目をしたが、すぐ笑顔になった。

「おじさま、お食事ですか？」

「そうなるな。ところでつかぬことを尋ねたいのだが、なぜかこの地で牛酪を見たことがない」

「牛酪……牛乳の脂肪だけを固めたものですよね。知識としては知っています」

「使わないのか。それが不思議でしょうがない」

子を孕《はら》んだ牛は大量の乳を出し、人間と同じように絞り出さねば乳腺炎になってしまう。病没したり肉を取ったりで子牛が死ぬと、この牛乳が消費しきれず、毎日破棄するのをどうにかしようとして作られたのが牛酪《バター》と乾酪《チーズ》である。地方によってはこれに発酵乳《ヨーグルト》が加わる。

「牛の頭数は俺の故郷より多いように見えた。だったら牛酪が大量に出回ってもおかしくないのに姿が見えない」

テティスは小首を傾《かし》げた。

「わたくし、領地に牛がいるのは知っていても、消費がどうとかは考えたこともありませんでした。今度手紙を書いて尋ねてみますね」

「そこまでしなくてもいいのだが不思議でな」

テティスは微笑んだ。

「質問なのですが、牛酪というものは美味しいのですよね？」

「単独では使わないがそうだな」

「わたくし、またおじさまの美しい料理を食べたいです。作ってくれますか？」

「分かった」

「嬉《うれ》しいです。おじさま」

〝シレンツィオさん、顔がいやらしいです〟

〝そんなわけないだろう。俺は表情を母親の腹の中に忘れてきた男だ〟

〝一体いくつ母親の中に置き忘れているんですか、多すぎですよ〟

〝そう言われてもな。何が不満だ〟

〝優しい声になっていていやです〟

〝あら、おじさまは私をどこにでも連れて行ってくれるんですよ? 貴方《あなた》と違ってね?〟

テティスは可愛らしい笑みを浮かべてテレパスを飛ばしてきた。

〝仲良しの会話に入ってこないでください〟

テティスは一瞬得意げに笑うと、ではおじさま、後でと言って元気に歩いていった。

〝やつから危険な匂いがしますよ。シレンツィオさん〟

〝危険も何も、子供らしくていいではないか〟

〝同級生ですがなにか〟

〝そうではあるんだがな〟

お前と羽妖精《の方》がよほど事案だろうと思ったがシレンツィオは黙った。面倒くさくなったともいう。

それよりも牛酪の話をしていたら牛酪を使った食い物を食べたくなってしまった。こうなると他の何をさておいても食べたいものである。

〝この学校に休みはあったか〟

〝シレンツィオさん昨日説明ありましたよ。えっとですね。五日に一日の休みがあります〟

〝なんで七日でないんだ〟

〝宗教の違いですね〟

〝そう言われると何も言えんな〟

〝そうですねえ。ちなみに船の上はどうされてたんですか〟

〝船の上に休みはない。が、曜日については覚えていられるよう努力している〟

〝努力、ですか〟

〝これが永遠に続く、と錯覚すると人は簡単に正気を失う〟

日数を数えること、時間が動いていること、この二つを把握させることが船乗りを正気に留《とど》めるのに何より重要だとシレンツィオは言った。

〝逆に言うと日数を数えられないようにするのは拷問の一種だ。相当堪《こた》える〟

〝羽妖精は日数を数えると憂鬱になると言いますけど、文化が違うものですね〟

〝単調すぎると人間やエルフは駄目なのだろう。羽妖精はどうだ〟

〝そもそも単調な生活なんかしようとしませんよ。私たちは。お祭り大好き羽妖精ですよ？〟

〝そうか〟

〝でもー。シレンツィオさんが私に興味を持ってくれて嬉しいです〟

あけすけな好意のまじった言葉にシレンツィオですら少し微笑んだ。

〝それはさておき、休みになったら山を降りて麓で牛酪を手に入れよう。問題は売ってないことだが〟

〝牛乳から作るのはどうですか？〟

〝最悪はそれだな。牛乳を買ったその場で牛酪にして運ぶ、これしかあるまい〟

〝それにしてもシレンツィオさん、料理好きですね〟

〝料理が好きなんじゃない。まずいものが食べたくないだけだ〟

〝自分で食べないものでも良く作ってくれるじゃないですか〟

〝なるほど、そう言われればそうだな。俺は料理が好きなのかもしれん〟

〝しまった、私が好きなんですねって誘導すればよかった〟

ところで入学三日めにしてシレンツィオはめでたく学年があがって二年生になっている。これはテティスも同じである。話によれば上級貴族は四年生まですぐに上がるのが普通であると言う。そこから先は身体を動かす機会があるので低年齢だと中々あがらないとも。

いずれにしてもエルフの一年は人間の四年である。随分と気の長い話ではある。

教室のやはり一番後ろの席に座る。着替えなどを綿の代わりに入れた座布団を使い、椅子なしでちょうどよい高さとなった。

〝私が刺繍《ししゅう》を入れました！　ペルチェ素子の魔法陣で表面が温かく裏が涼しくなっています！〟

羽妖精がそう言って、シレンツィオが褒めるまで私がやりましたと連呼した。

〝えらい〟

〝えへへへ〟

二年生は一日の授業の半分がエルフ語で、残りの半分が算術、という時間割であった。

〝母国語が多いのはなぜだろう〟

授業を受けながらシレンツィオはそんなことを頭の中で言い出した。襟が揺れた。

〝俗エルフ語なんて北大陸でしか通じないんですけどねえ〟

〝魔法と、あと命令をきちんと理解しないといけないからだそうです。廃れていますけど、魔法の呪文にそのまま使えるんですよ〟

〝仲良しの会話に入ってこないでください〟

シレンツィオの横に座るテティスは、無視してシレンツィオに微笑みかけた。

〝危険な香りがしますよシレンツィオさん〟

シレンツィオはこれを無視した。授業の話が面白かったからだ。色々な植物の名前と綴《つづり》を説明していくもので、独学でエルフ語を覚えたシレンツィオの知らぬ単語が大量にでてきた。

〝植物に関する語彙が多いのだな〟

〝そりゃまあ森妖精ですし〟

〝おじさまの国では違うのでしょうか〟

「こんなにはないな。一方、風や魚の語彙は多いぞ。同じ魚でも成長段階で呼び名が変わったりする」

〝秋津洲と同じですね！〟

〝同じ海洋国家だからだろうな。ふーむ〟

〝おじさま、どこに考える要素があるのです？〟

「言葉は歴史とともにある。あるいはこうも言う、言葉は生き方を示すと。言葉を知ってはいたが実感はなかったが、今それができた。なるほど。面白い」

〝軍の幼年学校でそんなことを言っている人を初めてみました〟

〝シレンツィオさんは幼年学校にあってないんですよ。もう。というか、会話に入ってこないでください。シレンツィオさんとのテレパスは私専用です。帰って〟

〝授業中にテレパスを使うのがいけないと思いますよ？〟

二妖精のやり取りを聞き流しながら、シレンツィオが考えたのは、酪農はどうなのかであった。牛酪がないのは歴史が浅いからではないかと思ったのである。牛乳を飲む文化のない国では牛乳を忌避する者もいるところからの想像である。

〝エルフが酪農を始めたのがいつ頃か知りたくなった〟

〝シレンツィオさん、時々変なこと言いますね〟

調べたいことを調べるにはどうすれば良いか、教師に訊《き》くのが良い。シレンツィオは酪農の開始時期を尋ねたが、教師は目を白黒させて、わからないと言い出した。

「授業のどこに酪農が出てきたんだね」

「そう言えばでてなかったな。失礼する」

次善の策として書物に頼る、である。アルバの古都、羅馬《ろーま》には碑文の間というものがあってそこには古代の文章が良く記録されていた。同じようなものがあるだろうとシレンツィオは考えた。

問題は自分の身分で入れるかどうかである。

〝いけ好かないですが、あのエルフ幼女に頼むのはどうですか〟

〝俺は人を助ける時、見返りを求めない。そう取られることもしない〟

〝面倒くさい人ですねえ〟

〝そうかもな〟

〝好きです〟

〝そういう話だったか〟

〝塩対応すら好ましくなってきたら問題だと思うんです。どうにかしてください〟

羽妖精が襟から出てきて周囲を見た。見られぬようにすぐに引っ込む。

〝どうした〟

〝いえー。エルフ幼女に聞こえていたら嫌だなって思って〟

〝悪い話は何もしていない〟

〝シレンツィオさんは女心がわかってないんです。そんな言葉聞いたら絶対好きになりますよ〟

〝女心が分かったら人生はさぞ面白くなかろう。まあそれはさておき、牛酪の謎を解くぞ〟

〝目的変わってませんか。いいですけど。エルフを血祭りにあげていくより、妙なことにこだわったり、私のために料理したりするシレンツィオさんが好きです〟

シレンツィオは黙って歩いた。取《と》り敢《あ》えずは書物の集まる場所探しである。碑文の間まではいかないまでも書物を集めた倉庫がないかと探し始めたのだった。

探し始めるとすぐに見つかった。図書室、という名前で図書が集められているのである。ただ書物は貴重なので普段は施錠されており、立ち入りが許されるのは教師とその手伝いをする生徒だけであった。

〝教師と仲良くせねばならんな〟

〝シレンツィオさん、弱ってたあの幼女はさておきですね、エルフと友誼《ゆうぎ》を結ぶというのは一〇〇年単位の行為ですよ。まあこっち《北大陸》だと半分くらいかもしれませんけど、それにしても五〇年です〟

〝俺は死んでるな〟

〝私も一〇回位死んでます〟

忍び込むか、と考えたが、酪農の歴史を調べるために図書室に忍び込むというのはなんとも間抜けに思えた。

〝やはり幼女を使うしか〟

〝いやまて、俺に好意をもってそうな教師に覚えがある〟

それで向かったのが校長室である。自分を抱きとめてよしよししていたエムアティならばとシレンツィオは考えたのである。

ところが校長室には主《あるじ》不在で、シレンツィオはまたも空振りすることになった。

人気《ひとけ》のない長い通路の先、校長室前でシレンツィオがいつもの表情で立っていると、羽妖精が、襟から出てきてあたりを見回すと、周囲を飛び始めた。

〝幼女、幼女〟

〝お前、嫌ってなかったか〟

シレンツィオの目の前に空中静止し、羽妖精は歌うように喋りだした。

〝はい。ですので、シレンツィオさんが幼女を道具みたいに使ってるところを見たら、きっとスッキリするだろうなあと〟

〝悪い趣味だ〟

〝そう思うのであればそれ以外でいかないといけませんね。ちなみに図書室の隙間から入って鍵をあけてくるとかは私も出来ますが、幼女にさせないのなら私もしません。自分で頑張ってくださいね？〟

〝もとよりお前に手伝えとは言ってないだろう〟

〝もう少し補足説明ほしいなあ。幼女にしたような説明がいいなあ〟

〝誘導か？〟

〝要望です。なんか幼女だけ特別扱いは禁止です。反対です〟

〝俺は人を助ける時、見返りを求めない。そう取られることもしない〟

〝そこは羽妖精と言ってください〟

〝俺はお前を助ける時、見返りを求めない。そう取られることもしない〟

〝んー、んっ〟

羽妖精は飛びながら身悶《みもだ》えして照れた。

〝種族名でなくて私をさすあたりは合格としておきましょう。絶対私のこと大好きですよね。シレンツィオさん〟

〝助けた時に見返りは求めないと言っただろう〟

〝なるほど、そっちかー。下心なしの相手をどうすれば攻略できるんだろう〟

シレンツィオがなんのことだと思っていると、廊下の角からテティスと、もうひとり同年代の子供が出てきた。耳の先まで赤いが、目つきは若干不機嫌そう。

「どうした？」

「おじさま。羽妖精には、はっきり言うべきです。お前とは遊びだと」

〝何言ってるんですかこの性悪幼女！〟

〝性悪なのはそちらです！　わたくしがいるのを承知の上で、わたくしの気持ちに水をさすようなことをおじさまに言わせたでしょう！〟

〝聞き耳たててるのがいけないんですぅ。残念でしたー〟

〝あなたもでしょ〟

〝そうですけど、それだったら付き合いの長い私の勝利です。ブィブィ〟

「おじさま、この性悪羽妖精を今すぐ佃煮《つくだに》にすべきです」

〝ついに正体を現しましたね。邪悪なエルフ！〟

シレンツィオは表情を変えずにテティスと羽妖精を捕まえて肩の上に乗せた。

「授業に遅れるぞ」

シレンツィオが思ったのはあと二、三人抱えて賑《にぎ》やかに歩きたい、であった。男の子がいるとなおよい。

それで、また肩に乗せてない一人を見た。服装からして幼年学校の生徒ではなさそうである。もっともシレンツィオとて服装は特別であり、特殊な事情の生徒かもしれなかった。

「君はなんだ」

「おじさま、この子は私の従者でガットと言います。見ての通りの獣人です」

「西方三獣国か」

〝おじさま、東方三国ですよ？　アルバから見たらその三国は西にあるんです〟

シレンツィオがにゃーおと言うと、ガットは毛に覆われた耳の先まで震えるほどびっくりした。

にゃーお、にゃー。

にゃあにゃあ。

「おじさま、なんだか可愛すぎます」

〝そういう姿は私にだけ見せるべきです〟

「羽妖精は無視すべきです。それはさておき、使えるのですか、獣の言葉が」

「アトテ語という、れっきとした古代語からの派生語だ。文法は俺が使うアルバ語と同じだがＫＪの音が発音されない」

〝なにげに多芸ですよね、シレンツィオさん〟

〝船乗りは色んな国に行くからな。まあ、言葉が使えないと不便を被《こうむ》る〟

シレンツィオはガットに、俺の背に乗らないかと言う意味で、にゃーと言った。ガットは一瞬瞳を細くしたが、尻尾を振りながら悲しそうに断った。が、シレンツィオは軽く片手で持つと背中に掴まらせた。

〝俺は子供が好きなのかもしれんな。接する機会がなかっただけで〟

〝私は〟

〝わたくしは〟

〝〝子供じゃありません！〟〟

シレンツィオは彼にしては珍しく、少しだけ口の端を持ち上げると教室へ向かった。上機嫌であった。船を降りてから一番上機嫌だったといってよい。

「にゃーは子供です」

「そうか」

それで授業が始まった。今度もエルフ語である。軍の幼年学校ではあるのだが、低学年では軍のことなど教えはしない。今は語彙を増やそうと単語を覚えさせる段階であった。シレンツィオは興味深そうに覚えている。

〝こういうの楽しいですか？〟

退屈した羽妖精がそんなことを言った。

〝楽しいかどうかはさておき、興味深くはあるな〟

〝興味深いというと、どんなところです？〟

〝今、植物の名前が書き出されているだろう〟

〝はい。それが？〟

〝エルフ語とアルバ語では植物の分類の仕方が異なる〟

〝なるほど？　ちっとも分かりません〟

〝アルバ語では葉の形で植物を分類して名をつける〟

〝アルバ語の元になった古代語もそうですからそうですね〟

〝エルフ語は用途で植物を分類している。薬の形はぜんぜん違うが名前の前半分は薬草を意味するエレが入る〟

〝それは薬草ではなく、有用を意味する接頭語です〟

〝なるほど。薬が有用なことの代表例なわけだな。ふーむ。形から入ってないのが不思議でならん〟

〝そういうものですか?〟

〝物事の順序から言って、発見し、まず形で名前がついて、そのうちに有用性が分かる。というのが普通だろう〟

〝後に名前をつけかえたのではないですか?〟

我慢できずにテティスがテレパスを飛ばす。シレンツィオの襟が不満そうに揺れたが、それだけだった。

〝仕方ないですねえ。私のシレンツィオさんが知識を欲しがってるんで応答を許します〟

〝誰が私の、ですか〟

羽妖精とテティスが喧嘩《けんか》しそうなので、シレンツィオが割って入った。

〝名前というのは先着順だ。あとで名前をかえようとしても中々できるものではない。方言だ、古語だで名残が残るものだ。中央の学者先生にこうしますと言われても、普通は普及しない〟

羽妖精が声を出した。

〝学名と現地名ですね。この学校では学名だけを教えているのでは〟

〝そういう説明が一切ない。ということは……信じがたいが、最初から効果が分かっていたということなのかもしれんな〟

テティスと襟の中にいる羽妖精はそれぞれ微妙な顔をしたが、何も言わなかった。

ところでテティスの従者、ガットは授業を受けていない。生徒ではないので受講資格がないのである。休み時間まで部屋の掃除をするという。

猫といえば魚だが、獣人はどうなのだろうな。気の向くままシレンツィオはそんなことを考えた。

それで、一日の授業が終わった。

〝シレンツィオさん、牛酪の謎に行きますか、植物名に行きますか〟

〝どちらも対処としては同じだろう。校長を探さねばな〟

〝あの性悪幼女はついてきてませんね〟

〝貴族の子女にはそれなりに付き合いがあるのではないか〟

〝残念そうじゃないところが高評価です！〟

〝同年代の友達《ともだち》がいることは残念がるところじゃない〟

〝いいんです。私が勝手に高評価してるんですから。私もシレンツィオさんに毒されてますねえ〟

〝そういうものか〟

〝そうですそうです。責任取ってくださいね。冷たくしたら嫌です〟

〝分かった〟

〝絶対シレンツィオさん私のことが大好きですよね〟

もう何度目か分からないやり取りをしながら、シレンツィオは考える。

〝なあ、羽妖精〟

〝なんです、シレンツィオさん〟

〝エルフというのは後になって出てきた種族か？〟

〝なんの後か、ですねえ〟

〝人間よりはずっと後、ではないかと思うんだが。具体的にはアルバにあった古代帝国より後、だと思うんだが〟

〝鋭いですねえ。でも、なぜそれを私に？〟

〝なにか知ってそうな襟の動きだった〟

〝普段はあらゆることに無関心なのに。まあ私にとっては特に問題ないのでお話ししますが、シレンツィオさんのおっしゃるとおりです〟

〝そうか〟

〝どうやって気づいたんですか？〟

〝植物の名前が一つ。エルフ語は人造というと変だが後になって作られたと思うと謎が解ける。それともう一つはリアン国の連中は俺たちを魔法の使えない劣等人とは言わずに古代人と言うからな。古代人がいるからには現代人がいるはずで、それがエルフ、ということなんだろう〟

〝シレンツィオさん学者かなにかになった方がよかったんじゃないですか〟

〝アルバでもニアアルバでも学者は女の仕事だ。男じゃ無理だ〟

〝性別差別は問題ですね〟

〝俺は海が好きだったからそんなふうには思わなかったが。羽妖精はどうなんだ〟

〝羽妖精は基本女性だけです。良かったですねシレンツィオさん〟

〝何が良かったんだ〟

〝なんとなくです。ともあれですね。エルフは新参者です。そう指摘するとめちゃめちゃ怒りますけど〟

〝そうなのか〟

〝ええ。事実を知ってる妖精などを何種類も滅ぼすくらいには。国だってかなりの数滅ぼしていますよ〟

〝新参であることはそんなに隠さねばならないものなのか？〟

〝羽妖精には意味不明なんですけど、そうみたいです〟

〝ふむ。幼年学校とは色々なことに気づかせてくれるものだ〟

〝それはシレンツィオさんが特別というか変なだけです〟

〝俺は気にしない〟

〝そうでしょうね〟

ともあれ、牛酪の謎に近づいたような気がする。いや、そうでもないのか。新参者の種族であれば牛乳の用途も輸入できたはずで、それであれば牛酪もできるはずである。

〝一進一退だな〟

〃今までで一番きりりとした顔になってますよシレンツィオさん〃
〃そうかもな〃
校長室の前に来た。ところが今回も空振りであった。校長は校長室におらず、不在の旨を知らせる札だけが扉にかかっていた。
〃さすがに校長ともなると忙しいみたいですね、シレンツィオさん〃
〃いい女は待たせると言う。また来ればいいだけだ〃
そう言ったシレンツィオは一度廊下から中庭に出ている。薄暗い廊下を歩くのに飽きたともいう。この頃ガラスはあっても窓ガラスがないために、廊下はただただ単調なものであった。
例の東屋《あずまや》を見る。いつかやり取りした薄い本の少女が読書をせずに魔法陣を眺めているのが見えた。
シレンツィオは歩く向きを変えて東屋に向かう。少女が顔を上げた後、一瞬怯《おび》えた顔をして、すぐに目を見開いた。
「貴方は……」
「シレンツィオだ。その魔法陣は危ないと言わなかったか」
「き、聞きました。でも」
「でも？」
「こ、これを研究すれば、体育が苦手でも学年をあげられると思って」
シレンツィオは少女の顔を見た後、長椅子に座った。茶色の髪は人間でも良く見る。顔立ちは整っているが腕や脚は棒のようであった。痩せすぎである。

〝どう思う、羽妖精〟

〝この子は襟章から四年生みたいですねえ。年齢から見て落ちこぼれですよ〟

おそらくこのままでは年齢制限で強制退学になるだろうと、羽妖精は語った。

〝というか、同じ説明をシレンツィオさんも聞いてたじゃないですか。入学の時に〟

〝興味がない〟

〝なんか本当にオレサマですよね。シレンツィオさん〟

〝つまり不得意教科克服の活路を見出《みいだ》しているわけだな〟

〝体育免除なんて制度はなかった気はしますけど、転校という形で救済があるのかもしれませんね。魔法学校とか〟

〝その学校も面白そうだな〟

〝シレンツィオさん魔法使えませんよね〟

〝それがどうかしたのか〟

〝いーえー〟

シレンツィオは少女を見る。少女はすがるような顔をしている。見逃してくれと全身で表現している。

〝研究とやら、うまくいくと思うか？〟

〝いかないと思いますよ。使えるのであればこんな風に放置しないでしょう。でもそうですねえ。

研究、というだけなら、まあ結果を出さなくてもいいわけで。安全面については起動さえしなければいいと思いますよ？　個人の保有する魔力じゃまあ無理だと思いますけど〟

〝そうか。気を使わせたな。すまん〟

〝羽妖精にあやまるのはガーディさまとシレンツィオさんだけです〟

〝世の男はつまらんのが多い〟

シレンツィオは少女を見た。

「起動はするな。研究は駄目ではない」

「どこの護衛の方か分かりませんけど、ご主人にお礼を申し上げてください」

よくある勘違いである。シレンツィオは無視した。

「ところでここの食事は合わないか」

「……なぜ、でしょう？」

「痩せている理由の第一は食事量と食事内容だからな」

少女は目をさまよわせた後、少しの怒りを瞳に宿して口を開いた。

「……ここの学校で例外なくでてくる塩漬け肉が駄目なだけです」

「りんごはどうだ？」

「高いのであまり食べませんけど……」

シレンツィオは外套からりんごをいくつか取り出して少女に押し付けている。

〝なんでも入ってますよね。シレンツィオさんの外套〟

〝お前も入っているしな〟

「そんな……貰《もら》えません」

「食べておけ。それとも一つだが、黒麦は大丈夫なのか？」

重ねてのシレンツィオの質問に、少女は困惑した表情になる。

「……大丈夫です、けど」

〝牛酪の出番ですね、シレンツィオさん〟

〝そうだな〟

やる気もさらに出るというものである。この少女を太らせようとシレンツィオは考えた。この当時、牛酪を大量に使ったクッキーは食の細い人間を太らせるのに最適と信じられていたのである。

休みを心待ちにしながらちょくちょく校長室へ通う。そのうち機会が訪れた。休みの前日、校長室に不在札がかかっていなかったのである。

〝いくか〟

校長室の前でシレンツィオが考えると羽妖精は襟に隠れた。シレンツィオは声を張り上げる。

「エムアティ・エミラン様にお会いしたく参った」

「まずは名乗りを上げてからですよ」

「失礼した。生徒のシレンツィオ・アガタと申す。エムアティ・エミラン様にお会いしたく参った」

「はい。どうぞ」

部屋に入り年下の淑女を相手にするように膝をついて頭を垂れる。手のひらに口づけをしたらエムアティは乙女のように笑って、シレンツィオは抱きしめられて頭を撫《な》でられた。

「まあ、おませさんね。ふふふ」

〝シレンツィオさん、気持ち悪い顔をしてませんか〟

〝いや、さすがになんというか、騙しているみたいで心が痛む〟

〝何を騙しているんです？〟

〝年齢だな〟

〝嘘はついてないんですし……〟

〝そうかもしれんが〟

エムアティは煙るような笑顔をみせた。そのぼうっとした瞳を、シレンツィオはじっと見つめた。

「学校には馴染《なじ》めた？　劣等人だからといって差別するような人はいないと思うけど」

「大丈夫ですが……エムアティ様は目が……？」

「ええ、もうあまり見えません。でも大丈夫、魔法がありますからね」

「魔法は便利なものだと思いますが、お困りのときは俺を目の代わりにお使いください」

「ふふふ、ありがとう。ところで御用はなにかしら」

「実はわからないことが一つ。素朴な疑問なのですが……」

それでシレンツィオは牛酪の話をした。話を聞いたエムアティは、笑顔になって優しく話し始めた。

「まずは、シレンツィオくんはえらいのね。よしよし。疑問に思ったことを調べるのは、とても大切よ。寿命が短いからって投げやりにならないその態度は立派です」
「痛み入る」
「それで質問にお答えすると、冷蔵技術のせいね」
「冷蔵」
「魔法で牛乳を冷蔵保存できるの。エルフはほら、種族的に胸が小さいでしょ。それで赤ちゃんに飲ませる母乳に困るから、牛乳を魔法で変質させて利用しているのよ。その関係で他国より牛乳の消費がとても多いのね。牛酪自体は作らないわけではないけれど、同じく売るなら牛乳そのままの方が加工費を含めて考えるとずっと高く売れるのよ」
「なるほど。需要と供給、売価の問題と」
「そうなの。代わりに人造牛酪があるわよ」
ここでいう人造とはエルフ製のことである。エルフが自称を人間としていることは前に書いた。
〃マーガリンですよシレンツィオさん。危ないやつです〃
〃健康に被害が出ると？　その割にどのエルフも元気そうだが〃
〃摂《と》りすぎがよくないんです〃
〃それはなんでもそうだと思うが、分かった。特に気をつけよう〃
〃はい〃
「他にはなにかあるかしら？」
「ないのですが、そうだ。エムアティ様は、お忙しいのですか」

「この数日はね……いじめの話があるみたいで。シレンツィオくんも見つけたら先生に教えてね」

「分かりました」

エムアティの髪の乱れをそっと直し、シレンツィオは頭を下げて辞した。図書室にも興味はあるが、これは急がなくても良いであろう。

〝もしかしたら、前に食べたクッキーだのは人造牛酪が入っていたのかもな〟

〝言われてみればそうかもしれませんね〟

エルフは人造牛酪と言ってるが、本物の牛酪に似せるつもりはあまりなさそうである。本物が手に入らない関係で味を似せる必然性が薄れたのであろう。あるいはどこかには本物に似せたものもあるかもしれないが。

〝でも私はですね。本物の牛酪を使ったクッキーが食べたいです。あとあの娘にも良さそうな？エルフにバターは合うのか分かりませんけど〟

〝試す価値はある〟

それで明日、休みの日に牛乳を買いに行き、その場で牛酪を作って運んで戻るという計画が立てられた。

片道二日の道のりを一日で往復という、随分と無茶《むちゃ》な計画である。

「あの、おじさま、その食べ物はそこまでやらなければならないものでしょうか」

休み時間にテレパスでの会議を聞いていたテティスが、控えめに意見をした。シレンツィオの襟が揺れた。

〝男には戦うときがあるんですよ〟

〝あなたは女で羽妖精ですよね〟

〝細かい幼女ですね。戦うのはシレンツィオさんなんだからいいんです〟

〝幼女ではありませんし、あなたが大雑把すぎるのです〟

シレンツィオが割って入った。

「実はそんなに難しくなくてな」

「そうなの……ですか？」

テティスは小首を傾げた。

「来るときは集団だったんだが、輸送のための荷物が多く、子どもたちを連れる関係で、速度が遅かった。大人の足で単独で行くなら時間はかからないだろう」

「おじさまはわたくしよりちょっと年下ですよね？」

「そうだが、まあ、見ておけ」

シレンツィオは自信満々である。

翌朝、夜明け前からシレンツィオは出発している。灯りは羽妖精である。うっすら光るので、それを灯りにしてシレンツィオは進んでいる。

〝もう少し光ります？〟

〝いや、この程度で十分だ。あまりに明るいと今度は夜目が利かなくなる〟

この頃の海賊などが眼帯をしているのも同じ理由である。船内に入ると薄暗いので、片目はそちら用にしているのである。

〝見る、で思い出したが、魔法で見ると俺は幼く見えるらしいな〟

〝魂の年齢を見ているんでしょうねえ。生成日かログインスタート日を取得できるんだと思います。ログインはこの一万年近く確認されてませんから生成日かなあ〟

〝生成日とは誕生日のことか〟

〝そうとも言いますね〟

〝専門家が難しそうな言葉を使うのはどこも同じだな〟

〝私は専門家ではないですよ〟

〝そうなのか？　妖精とはすべてが魔法使いだと思っていたんだが〟

〝まあ、そのくくりでいけば魔法使いなんですけど、魔法使いの専門職に魔法師がいて……なるほどシレンツィオさんの言う通りですね。専門家というか専門化すると用語が難しくなります〟

〝学名と同じなのだろうな〟

〝ですねえ〟

おしゃべりをしながらシレンツィオは裂け目までやってきた。行きの時に難所であったあの場所である。

〝ここを渡るのは明るくなってからですねえ〟

〝そんな暇はない。飛べるならついてこい。飛べないなら襟にいろ〟

〝え、え？　シレンツィオさん魔法使えませんよね？〟

〝どこに使う必要があるんだ〟

シレンツィオは帆布と棒と縄を組み合わせて大きな凧《たこ》を作った。取っ手つきである。

〝行くぞ〟

〝ちょ〟

飛んだ。月夜にシレンツィオは凧で谷を飛ぶ。羽妖精がわーと叫びながら、シレンツィオの外套を必死に持ち上げようとした。

〝無理です向こう岸までいけません！〟

〝下山するのに向こう岸に行ってどうする〟

〝えー！〟

羽妖精が風で離されそうになるのをシレンツィオは捕まえた。はためく外套の襟に入れる。そのまま、谷に沿って降りていった。

長いような数分。シレンツィオは谷を滑空しきって地上に降りた。その間羽妖精が悲鳴をあげ続けている。

降りたときには羽妖精は肩で息をしており、顔色は明らかに悪かった。

〝飛ぶのは羽妖精の生まれついての特技のはずなんですがなんでこんなに動悸《どうき》がするんでしょう〟

〝牛酪が楽しみなんだろう〟

〝ち・が・い・ま・す〟

〝そうか〟

〝羽妖精より無謀な人をはじめて見ました〟

〝そうか〟

〝褒めてませんからね。シレンツィオさん。怪我《けが》とかしたら間抜けも極まりますよ。天下一ぽんくら元船乗りシレンツィオですよ〟

〝悪くない響きだ。墓碑はそれにしよう〟

〝そういうのが捨て鉢というんです。私は怒ってますからね〟

ぷんぷんと言いながら羽妖精はシレンツィオの頬《ほお》をぺたぺたと触ったあと、心配だったのか魔力を乗せた声で喋りだした。

「命を大事にしてください。でないと私の裸も楽しめませんよ？　行っておきますけどこれは強力な呪いですからね」

〝何が呪いかはさておき、凧はよく使うぞ〟

ニアアルバでは連絡や偵察に凧をよく使う。そもそも帆装艦という船の構造そのものが、巨大な凧のようなものである。帆装艦は帆で船を持ち上げ、別の帆で推進能力を得ているのである。このため複数帆柱《ダブルマスト》の船が出現しだすと、あっという間に高性能化した。浮くのと推進力を切り離して制御できるようになったからである。これらに加えて向きを変えるのにも帆を使うようになり、アルバ国の隆盛の原因となった。

〝だったら相談してください！〟

シレンツィオは何も言わず凧を分解して片付けると歩き出した。羽妖精は怒りながらついてきた。

〝なんで急に耳が遠くなるんですか。相談！　相談！　社会人の基本！〟

〝羽妖精は社会人なのか〟

〝違いますがなにか〟

〝そうだな〟

〝もー!!　いけず、いけずですよシレンツィオさん〟

〝思い出したら相談する〟

〝そう言って相談しない未来がはっきり見えます〟

〝大丈夫だ。お前の裸を鑑賞するまで命を大事にする〟

羽妖精は突然高度を落とした。恥ずかしくなって羽ばたくのを忘れたという。シレンツィオは慌てて地面に落ちる前の羽妖精を拾った。

〝冗談だ〟

羽妖精は顔を両手で隠しながら口を開いた。

〝じょ、冗談じゃなくてもいいんですけど、あのですね。一度見たくらいで満足などなさらぬように……？〟

シレンツィオはふと笑った。

〝あー、笑った!!〟

〝何がだ〟

〝今笑いましたよね〟

〝俺をなんだと思っている。俺は朗らかでよく笑う男だ〟

〝ニアアルバからこのかたずっと一緒に行動してますけど、今初めて見ました〟

〝そうか〟

〝あの幼女にはさっきの笑顔をみせないようにしてください〟

〝意味は？〟

〝独占したいです〟

〝面倒くさい女だと思わないか〟

〝思いますけど！　シレンツィオさんの笑顔はレアリティＳＳＲなので〟

〝よく分からんが、お前といると退屈はせんな。船乗りは羽妖精ともっと仲良くしていい〟

〝絶対絶対私のこと大好きですよね。シレンツィオさん〟

(7)

シレンツィオはヘキトゥ山の西端に降りたようだった。登山口が南側だったのでだいぶずれている。移動しながらシレンツィオは、星を見ておおよその場所を割り出した。

〝迷子になったら、放浪の旅に出ましょうね〟

〝そうしよう。ともあれ、大丈夫だ〟

羽妖精から見るとなんとはなしに見えた歩きだったが、夜明けころには確かに広大な牧草地が見え始めている。人里というかエルフ里も近いのは間違いなかった。

そのまま牛飼いに挨拶して、村に案内してもらった。子牛と乳牛は村に集められていると言う。シレンツィオは丁重に礼をすると、村で乳搾りをしている娘に、牛乳購入の交渉を行った。ヤギ乳の方が安いと勧められるがシレンツィオは牛乳を購入した。ヤギの乳で牛酪ならぬヤギ酪はできるが、一リットルあたりにわずかしか作れないからかえって高く付くのである。

最終的に、シレンツィオは銀貨で牛乳と牛肉、黒麦などを購入している。アルバ銀貨の額面価値ではなく、銀の地金としての取引だった。この時代アルバ銀貨はリアン国経由で相当ルース王国にも流入していたが、それはあくまで都市部に限られ、田舎では用いられていない。これもまた、金銀銅の不足によるものである。人口に比べて貴金属が少なすぎるのだった。この問題を解決するには度重なる改鋳による悪貨の増加と紙幣の登場を待たねばならない。

〝やるか〟

シレンツィオは外套を脱ぐと革袋に入れた牛乳に葡萄酒から作った酢を少量入れて、振った。そして振った。物珍しそうに村人たちが見る中で大回転している。

〝シレンツィオさん、大変面白いことになってます！〟

〝面倒くさいが仕方ない〟

十分に振り回すとそれで、脂肪分とそれ以外が分離される。塊のような脂肪分が牛酪であった。

〝バター作るのって大変ですね。魔法で楽できないかな〟

〝遠心分離機を作ればいいのだが、面倒くさい。個人で食うならこの方式で十分だ〟

暑い時期や暑い国ではここからさらに加熱して油分とそれ以外を再度分離させて日持ちする牛酪を作るが、今は北半球の一月、その必要はないとしてシレンツィオはそのまま使うことにする。

匂いが移る前に革袋から取り出して、陶器の器に入れる。これで完成である。シレンツィオは火をかりて、残った脱脂乳からさらに乾酪を作り、残りの乳精を飲み物として利用した。葡萄酢と僅かな砂糖を入れて飲むのである。

〝お酒つくれそうな匂いがします〟

〝間違ってないが、酒種がないからな〟

酒種とは酵母のことである。この時代、微生物についてはあまり知識がなく、酒の一部を残して酒の材料になる飲み物に入れてまた酒を作るという方法が主流だった。当然雑菌が入ることも多く、品質はまるで安定していない。これればかりは厳密な維持管理ができる定住者でないとつらいというのがシレンツィオの意見である。

〝そう言えばシレンツィオさんはあまりお酒を飲んでませんけど、船乗り一般はどうなんですか？〟

〝腐らない水として需要はあるな。正体なくすまで飲むことができるのは陸に上がってからだ。海上で酔うと命に関わる〟

〝そうですよねー。それはそれとして陸に上がるって表現が船乗りぽいです〟

〝そういえば、羽妖精は酒が好きなのか〟

〝大好きです。浴びるように飲むのが夢です〟

〝そうか。そのうち一緒に飲むか〟

〝いいですねえ。子供は禁止ですよ〟

いつだったか自分を幼女だとか言っていたがと思ったが、シレンツィオは何も言わなかった。軽妙なやりとりというものに興味がない。

〝では帰るか〟

〝はい。どうやって帰るんですか。凧は使えませんよね？〟

〝走る〟

〝シレンツィオさん自分を老人とか言う割にちょいちょい肉体派ですよね〟

〝そんなことを言われてもな。年寄りだろうと身体を使わないでどうするんだ〟

〝魔法とか〟

〝魔法が使えるならな。俺は使えん〟

それでシレンツィオは、軽い駆け足で山登りをしている。列を作って登る人々を追い抜いて、どんどん先に進んだ。疲れているのか見晴らしのいいところではだいたい座り込んだ休憩者がおり、それらに挨拶しながら登っていく。

冬山といってもこのあたりはまだ降雪しておらず、常緑樹が多いこともあって、冬の気配はあまりない。

足元はしっかりしており、このため二時間ほどで四合目まで登った。幼年学校はヘキトゥ山の五合目付近にあるのでかなりの速度である。

〝早いですねえ。この速度なら行きも走りで良かったんじゃないですか？〟

〝足をくじく危険は降りるほうが大きい〟

〝なるほど〟

足をくじくと、即遭難とまでは行かないまでも、とてもではないが一日の往復ができなくなる。

〝うーん。シレンツィオさんって合理的ですねえ〟

〝日帰りで牛酪を作りに行っているが〟

〝シレンツィオさんって一部合理的ですねえ〟

〝そうだな〟

〝シレンツィオさんのそういうところ好きです〟

シレンツィオはわずかに苦笑した。

〝どこにそんな要素があった〟

〝自分でも駄目だなあと思うんですけど、シレンツィオさんが誠実に見えるときがあるんですよね。あ、俺は誠実だとか言わないでもいいです。私が勝手に納得して、勝手に好きになっているので〟

〝そうか〟

〝羽妖精に誠実な人って少ないんですよ？〟

〝そうか〟

〝他人がどう言おうと俺は俺というところも好きです。世界が敵になっても、私の味方をしてくれそうだから〟

〝世界は広い。それゆえに一つに団結することもない。世界が敵になるなど杞憂《きゆう》だ。せいぜいその一部だな〟

〝慰めてるんですよね、それ？〟

〝どんなときにも希望はあると言っている〟

〝もしかしたらシレンツィオさんは本当に明るいのかも〟

羽妖精は襟から顔を出してシレンツィオの頬に口づけした。口づけをした羽妖精の方が照れていた。

〝今のは妖精の祝福ですからね〟

〝そうか〟

なお、シレンツィオ的には脱いだりするほうが恥ずかしいことだと思っているので、口づけについて思うところはなかった。むしろ手の甲や頬への口づけは挨拶なのがアルバの常識である。

羽妖精はそれが面白くないのか、小さく襟を揺らした。あるいは身悶えしていたのかもしれぬ。

帰りは普通に谷渡りをしようとしたところ、珍しい者を見かけた。テティスに仕える獣人の子供、ガットである。こちらは今から下山しようとしているようだった。長い尻尾で均衡を取りながら気負うこともなく崖に突き立てられた杭《くい》の上を歩いている。

「あ」

「お」

ガットが声を上げると、シレンツィオも同じく小さく声を出して片手をあげた。

「今から下山か？」

「にゃーは今、お使いを達成しました」

「帰りだったのか？」

その割に向きが違うような気もするが、そんな細かいことを一々気にするシレンツィオではない。

そうかと納得して、渡りきって歩きだした。

ガットは、下山をやめるとついてくる。シレンツィオの後ろである。

「にゃーは、シレンツィオさんの案内でした」

「ふむ」

〝あの性悪幼女が監視役をつけたのでは〟

〝なんの監視だ？〟

〝シレンツィオさんに決まってます。私とシレンツィオさんのラブラブを邪魔したのではないかと〟

〝ラブラブというのはよく分からんが、ちと早い気がするな〟

〝シレンツィオさんより歳上《としうえ》なのをお忘れなく〟

シレンツィオはそういう意味ではないと片方の眉を上げたが、何も言わなかった。代わりに、ガットを見た。

〝これから走るが、どうする〟

〝シレンツィオさん、口で言わないと伝わりませんよ〟

「そうだったのか。ガット、用はいいのか」

ガットは小さく頷いた。

「にゃーはシレンツィオさんを案内するのが仕事でした」

「山の下までか」

「はい」

結構な距離だが大丈夫かと思いきや、獣人は子供でも異様なまでに運動力が高かった。荷物を担いでいるとはいえ、シレンツィオの脚にもついていっている。

それでもまあ、子供だ。シレンツィオは口を開いた。

「疲れたらおぶろう」

「にゃーはこれくらいでは疲れません。でも背中に掴まるのはすぅです」

「好きか。分かった」

シレンツィオはガットを背中に掴まらせて走っている。手だけで体重を支え、尻尾と身体を揺らしながらガットは楽しそう。

〝なぜガットにテレパスが伝わらなかったんだ〟

〝そこの猫幼女は能力を持っていませんから〟

当然ですよという、羽妖精の説明である。

〝では、俺がテレパスとやらを使えるのはなぜだ〟

〝シレンツィオさんに能力があるわけでなく、私や性悪幼女がテレパス能力者で表層的な考えくらいは能力で読めるせいですね。読めるといっても言葉で考えないといけないので、かなり限定された能力ですけど〟

〝そうか。まあ、当たり前と言えば当たり前だな。お前とテレパスで話すのが普通になって、つい自分の能力と錯覚してしまっていた〟

〝シレンツィオさんは柔軟ですねえ。普通はそんな風にはなりませんよ〟

〝俺は自分の頭が固いと思っていた〟

〝本当に頭が固い人は羽妖精の姿が見えないんです。信仰がどうのとか、飛翔《ひしょう》能力がどうのとか言って、自分の言葉で目が見えなくなるんです〟

〝ふむ。校長はどうだろうか〟

〝魔法の使いすぎですね。魔法が便利すぎてそれに頼るせいで関連する身体の機能が衰えていくんです。羽妖精がほとんど歩けないように、あの人も目が使えないのだと思います〟

〝歩いたほうがいいんじゃないか〟

〝私がですか？　いやいや、そんなことした脚ぶっとくなります。最悪重くなりすぎて飛べなくなるかも〟

〝なるほど。魔法と付き合うというのは大変なのだな〟

〝私としては魔法が使えないほうがずっとずっと大変に思えますけどね？〟

シレンツィオはそういうものかなと思ったが、それだけだった。魔法の利便性には特に興味がないのだった。魔法が美食の役に立つなら、また別であったろうが。

ともあれシレンツィオは本当に一日で往復してしまった。背のガットは背中でぶらぶらするのに飽きたのか、シレンツィオの背にしがみついて寝ている。

寝るだけならまだしも、寝小便までしてしまった。ガットは顔を真っ赤にしてにゃー、にゃーと言ったが、シレンツィオは特に表情も変えずに、洗濯することにしている。

〝私の家が！〟

〝最近洗ってなかった。ちょうどよい〟

かつて水をせき止めていた場所の名残か、城壁の外には小川のようなものが今もある。そこにシレンツィオは寄って、水質を確認した。この時代の川はどれもひどく汚染されていて、綺麗な水を探すのは一大事業でもあった。

シレンツィオは城壁から染み出している水を見つけ、そこに穴を掘って臨時の水場にしている。水量が少なく、溜《た》まるまでは時間がかかった。さらに水が澄むまでにはもっと時間がかかる。

「まあ、ここまでくれば焦らないでもいいだろう」

重い外套を脱いで、シレンツィオはガットの服を脱がせた。一緒に洗濯してやろうという気だったが、羽妖精が邪魔をした。

〝犯罪ですよ！　シレンツィオさん！　私の裸で我慢してください！〟

〝そうはいうが、腹まで濡《ぬ》れているだろう〟

とはいえ、子供にも羞恥心はあるか。それでシレンツィオが外套から取り出したのは、帆布だった。

「身にまとうにはなんだが、乾くまではこれを羽織っているといい」

そう言って、かぶせた。ガットの耳はせわしなく動き、最終的には伏せられている。

「最近はおねしょをしていなかったんです」

恥ずかしいのとＪＫ音が発音できないせいで言葉をつまらせながら、ガットはそう言った。シレンツィオはそうかといって特に表情を変えないでいる。

我慢できずに、羽妖精がシレンツィオの陰から出てきた。ガットはびっくりした顔で羽妖精の姿を見上げた。

〝もー！　シレンツィオさん、表情筋が仕事してなさすぎです！　いいですか、ガットちゃん、この人のそうかは本当にそうかの意味しかなくて、非難とか褒めるとかそういう感情は一切全然入ってません。つまり怒ってないんです〟

そこまで一気に言って、羽妖精は心配そうにガットの頬に触れた。

「大丈夫ですよ。無愛想なだけで心は広い人ですから」

ガットは呆然《ぼうぜん》としている。

「羽妖精……」

「あ。そうです。でも私がいるのは秘密にしてくださいね。エルフに見つかると佃煮にされるので」

ガットは何度も頷いている。その間、シレンツィオはどうしていたかというと買った牛肉に植物油と香草をからめて皿に置いている。下ごしらえである。

〝シレンツィオさん、もう少しガットちゃんの面倒を見たほうがいいと思います〟

〝お前が見ている〟

〝あと口に出してあげてください。性悪幼女と違って心を読んでくれません〟

〝そうか、残念だな〟

シレンツィオがそう言うと、羽妖精は呆《ほう》けたような顔をした。

〝テレパスを持ってない人をそういう風に評する人をはじめてみました〟

〝そうか〟

〝なんの興味もなさそうですね？〟

〝ないな。世間一般に対して思うが、他人がどうとか、気にし過ぎだろう〟

〝シレンツィオさんが気にしなさすぎです〟

〝そうか〟

シレンツィオはなんの興味もなさそうに思った。実際興味など微塵《みじん》もない。彼の興味は別にあった。

「ガット、好物は魚か」

「にゃーはお魚を食べたことはないです」

船乗りの相棒といえば猫である。猫のいない船はこれより先二〇〇年ほどもしないと登場しない。殺鼠剤《さっそざい》が生まれるまで、猫は船乗りの友であり続けた。

そして船乗りにとって猫と言えば魚である。塩漬け肉は見向きもしない、というのが常識でもあった。ガットはアルバ語で猫であるから猫の獣人だと思ったのだが、違うのだなと考えた。

なお実際には猫は内陸部にも生息していてそちらは主に肉を食べているのだが、シレンツィオにはその知識がない。

「牛肉と玉ねぎはどうだ」

「玉ねぎは食べてはいけないとお母さんが言ってました。牛は……すぅです」

「なるほど。では玉ねぎは避《さ》けておこう」

〝ところで獣人とは妖精だろうか〟

〝昔はそうでしたけど、今は違いますね。今の獣人たちは魔力が抜けています。ですから鉄でも大丈夫ですよ〟

〝それが聞きたかった〟

シレンツィオは先程の牛肉を鉄串に刺した。この串、武器にもなる特注品だが、もっぱら肉を焼くのに使っている。誰かの頭に突き刺した串で肉を焼くのに、一度で懲りたともいう。

火を熾《おこ》して串焼きを作り始める。味付けは塩と胡椒のみでは寂しいと、香辛料も組み合わせた。

焚《た》き火《び》の周囲に刺していき、ゆっくり火を通していく。

付け合せは、黒麦で作ったパンである。黒麦は小麦と違って練っても麩質《グルテン》ができず、どうしてもふわふわにはならない。目の細かい硬いパンになってしまう。また色も黒みがかかる。これを薄切りにして、刷毛《はけ》に含まれた水を指で弾《はじ》いてちらした後、火で炙《あぶ》った。

刷毛は後に霧吹きに置き換わるが、この手法は現代でも一部で使われている。

〝秋津洲ではパンは主食の扱いですけど。シレンツィオさんの国では付け合せなんですね〟

〝そもそも主食という概念がないな。あるものを食う、一番大きなものが主菜だ。他は付け合せになる〟

〝うーん。言われてみれば。秋津洲は慢性食糧難と思ってたんですけど、それでも他地域より穀物を安定的に供給できてたんですねえ〟

〝そうか〟

そう言いながら、りんごの芯を抜いて出来た穴の上に牛酪と乾酪と砂糖、香辛料を軽く。そうしてじっくり焼き上げた。最後は炙った黒パンの上に乗せる。羽妖精の目が輝いた。

〝シレンツィオさん大好きです!!〟

〝大げさな〟

〝感謝をちゃんと述べるのが夫婦円満の秘訣《ひけつ》だって大軍師も言ってました〟

〝そうか〟

〝ふむふむ。匂いからして変わった感じですね〟

〝うまいとは思うんだが。この香辛料はシナモンという〟

〝聞き慣れない言葉ですね〟

〝このルース王国からみるとだいぶ南の島が原産だな。秋津洲から見ると北だ〟

シレンツィオはそう言って、申し訳無さそうなガットの頭を撫でた。

「さて、食べるか」

ガットはこの時、背中が見えるほど頭を深々と下げている。耳もお辞儀した。

「ごめんなさい」

「そうか」

「シレンツィオさんは怒ってませんからね」

「あえて説明することか」

〝シレンツィオさん、戦うときと顔が同じです〟

「表情を変えるのは面倒くさい。まあ、食ってみろ」

下ごしらえで牛串は臭みが取れ、脂身のない赤身肉に適度な油を供給していた。ばさばさとしない肉と、薫り高い香辛料が次の一口にいざなう。ガットが尻尾の先まで感動で震えさせると、速度をあげて食べ始めた。

「串まで食べないように！」

「大丈夫だろう。さて、俺たちも食うか」

一人と一妖精は並んでうまーという顔をした。ちなみにりんごはガットも食べた。こちらも受けが良かった。

〝春には苺《いちご》とか食べたいです〟

〝いいぞ。苺を使う食い物もある〟

〝はい。お側《そば》に置いてくださいね〟

「にゃーはこんなに美味しいものをはじめて食べました」

「そうか」

「お姫様にも食べさせたいです」

「お姫様とはテティスのことか」

ガットは何度も頷いた。串を持って行きたかったのだがうっかり食べたとも告白した。シレンツィオはガットの耳が倒れるまで頭を撫でた。

「テティスにもちゃんと食べさせよう」

〝シレンツィオさん、子供には大体親切なんですね〟

〝そういうものか。俺は子供を相手にしたことがないからな〟

〝そうなんですか？　なにげにモテそうなんですけどねえ〟

〝まあ、俺の子供は世界中にたくさんいるだろうな。それはそれとして子供を相手にしたことはない〟

羽妖精の目つきが険しくなった。

〝違うそうじゃない、ですよ〟

〝子供にモテる、の意味だったか〟

〝どう考えてもそれでしょう。あと妖精の倫理観的にアウトです、アウトー。港ごとに女とかポリコレ棒でぶっ叩きますよ。私が頑張っちゃいますからノーチェンジでお願いします〟

〝なんだそれは〟

〝伝説の魔剣です〟

〝そうか〟

服を乾かすのにいささか時間がかかり、到着は夕方となった。この時代の夕方は午後三時頃になる。

ガットがにゃぁと言うとテティスが慌てて寮から出てきた。

「おじさま、おかえりなさいませ。必要なものでしたらなんでも用意しますから、無理はなさらないでください」

「なんのことだ」

〝シレンツィオさんが断念して戻ってきたって思ってるんですよ〟

シレンツィオは納得してテティスに口を開いた。

「そっちは問題ない。時にガットから、お姫様にうまいものを食べさせてほしいと頼まれたのだが、夕食はどうだ」

「まだです。晩餐《ばんさん》にはまだ早いですから。ええと……途中で行商人から買い付けたのでしょうか」

〝察しが悪いですねえ。心を読んだらどうですか?〟

テティスは羽妖精を冷たい瞳で睨《にら》んだ。
「佃煮にしたあと猫に食べさせます」
「にゃーは食べたくないです」
「ガットは猫ではなくて私の従者だからいいのです」
〃そもそもテレパスのことはちゃんと全部伝えてますから〃
それを聞いてテティスは離れた。すごい勢いで離れた。
シレンツィオは首を傾げた。
「なぜ離れる」
〃さあ、なんでしょうねえ〃
意地の悪い笑顔で羽妖精はそう言った後、羽ばたいてテティスに近づいていった。
〃おマヌケさん。言ったでしょう。シレンツィオさんは全部知ったと。その上で私は側にいる。意味が分かりますか?〃
〃あ、あなたに何が分か……ほ、ほんとに!?〃
〃まあ、シレンツィオさんから離れるのは歓迎しますけど、夕食食べさせると言ってるんですからその後にしてくださいね〃
それで羽妖精は戻ってきた。襟の中に隠れて上機嫌に揺れた。
〃言ってやりましたよシレンツィオさん!〃
〃何をだ〃

〝バーカバーカって。あとシレンツィオさんがおそらく二番目の無限抱擁を持っていることを〟

〝そんな事は一言も言ってないだろう〟

〝聞こえているじゃないですか。まあ、そうなんですけど！　そうじゃないんです〟

〝そうか〟

〝そう、シレンツィオさんはそれでいいんです。私が守ってあげますから！〟

〝何から守るかしらんが、心強いことだな〟

シレンツィオがそう念じて顔を向けると、恐る恐る、テティスが戻ってきた。

〝テレパスですけど……聞こえていますか〟

「聞こえている」

〝あの、嫌ではありませんか〟

「牛肉のことなら心配するな。たっぷりある。それと牛酪もある。食べたいと言っていたろう」

テティスは寄ってきてシレンツィオを見上げた後、太ももに抱きついた。

何故《なぜ》かテティスは泣いていた。ガットも泣いた。困ったのはシレンツィオである。そもそも事情も分からなかった。唯一上機嫌なのは羽妖精で、大勝利を連呼していた。

良くわからない状況のあと、シレンツィオはテティスの部屋で料理をしながら事情を聞くことにした。正直に言えば事情については心の底からどうでも良かったのだが、羽妖精から、そういうところが良くないですと説教されたのである。

仕方ない。

シレンツィオは牛肉を切りながら話を聞くことにした。

肉はケチらずに大きく分厚く切る。牛酪と比較して冬とはいえそう日持ちはしないし、塩を買い付けて塩漬け肉を自作するぐらいなら、買ったほうが安上がり、ということもある。

まずは肉を観察し、上下左右斜めから眺める。真剣である。

「あの、おじさま」

〝シレンツィオさん、若干気持ち悪いです〟

〝そうか〟

そう返事をした後、不安そうなテティスを見る。見れば側にガットがついて、手を握り、心配そうに尾を揺らしていた。

「言いにくければ言わないでいいんだぞ。俺は気にしない」

「い、いえ。とても大切なことなので。再確認になりますがテレパスのことを、どこまでご存知《ぞんじ》でしょうか」

「この牛肉ほどには知らんのだが、そうだな。心を読む力だと聞いている。説明はされてないが念じたことを相手に飛ばす力もあるのだろう。術者によって到達する距離は違うようだな。あとはそう」

シレンツィオは牛肉を見ながら鋭い目をした。

「話さないでいいのは便利だな。喋るのは面倒くさいと常々思っていた」

〝校長のことを忘れてませんか？　喋らないと萎えますすよ〟

〝残念ながら全員とテレパスできないので、萎えることはなさそうだが〟

テティスはガットと手を取り合って、恐る恐る口を開いた。

「怖く……ありませんか？」

「何がだ？」

「心を読まれることが」

「ふむ」

シレンツィオは調理用ナイフをくるくる回した。

「もし心を読めるものがいたとしてだ」

「はい」

「それがいろんな人間の心を読んだとしよう」

「はい……」

「だからなんなのだ」

〝シレンツィオさん、もう少し説明増やしてあげたほうが〟

シレンツィオはそうかと考えた後、口を開いた。

「俺は船上と戦場で色々な人間の考えや本音を見てきた。土壇場というものは人の心を露《あら》わにする。その上で、だが、お前たちの能力は、要するに土壇場をたくさん見てきたことと同程度の能力だろう」

テティスは困ったような顔をした。

「そ、そうでしょうか」

「俺も、誰が裏切って誰が女の事しか考えていないかくらいは、分かる。誰が信用できて、誰なら助ける価値があるかくらいはな。あるいは長年一緒の船乗りなら心の通じるときもある。その上でそういう能力をお前たちが持っていたとしてだ」

「はい」

「世の中にはクズが多い事は分かるだろう。友とするにたる人間も、愛するにたる人間も、実のところそう多くはない」

〝愛するにたるほうに人間以外も入れてくださいね？　羽妖精とか〟

〝同じだ。エルフだろうと、なんだろうと〟

シレンツィオは言葉を続ける。

「流行の品物を買う。そいつの頭の中にあるのは好きでもないやつらに好かれようとすることだ。自分に共感する人間を見つけようと、見てきたような嘘をつくやつもいた。そういうのにはお前たちも飽きているんじゃないか。俺は飽きている。そいつらの言葉を聞くたびに、だからどうしたといつも思う」

シレンツィオは再び肉に目をやった。塩胡椒、にんにくを肉にまぶした。

「まあ、若いうちにそういう力を手に入れて困るのは分かるが、土壇場や修羅場を歩けばいずれはそうなる。そして必ず、クズに飽きる」

〝シレンツィオさん……〟

シレンツィオは筋切りを始めた。筋に垂直に隠し包丁を入れていく。これをしっかりしないと肉を焼いた時反ってしまう。また筋張って食べにくくなる。

「早めにそういう能力があるのはな、才能があるというんだ。クズに飽きたらクズでない人間やら羽妖精やらを探せばいい。それだけだ」

話を聞いて、テティスは長い溜息《ためいき》をついた。

「本当に何も動じてないのですね、おじさまは。心の底から、そう思っている……」

〝そうだと思っているんじゃないかなあ。今心は肉に夢中ですけど〟

〝少し甘いものも作るか〟

〝謹んでお詫《わ》び申し上げます。シレンツィオさんは私のことも考えていました〟

シレンツィオはたっぷりの塊牛酪を取り出した。テティスは小さな声で喋り始める。

「わたくし……生まれついてテレパスの権能を持っていて……」

「そうか」

「家族からも貴族界からも遠ざけられていました。学校に行く際も、ついてきてくれたのはガットだけです。学校でも一人孤立していました」

「そうか。やはりテレパスという能力は便利だな」

シレンツィオはテティスを見た。いつもと変わらぬ表情だった。

「その能力で真にはべらせるに相応《ふさわ》しい人間を選別できる」

「そう言えなくもないですね」

テティスはそう言って、少し笑った。

「おじさまは居ながらにして私を遠くに連れて行ってくれたのですね」

「そんな大したことではない」

シレンツィオはそう言うと、大量の牛酪を底の浅い広い銅鍋の上で溶かした。

「焼くぞ」

そう言って肉を焼き始める。テレパスがどうとかよりも余程真剣である。

「弱火で焼きたいが銅鍋では火が通り過ぎる」

そこで火から下ろして濡《ぬ》れ布巾《ぶきん》の上に置き、温度を調整した。肉を休ませる、ともいう。現代であればごく弱火だけで仕上げるのだが、この頃はそれができなかった。

シレンツィオは度々肉を休ませながら溶けた牛酪を銀の匙で掬《すく》ってかけている。

〝エルフという種族は鉄が使えない分、調理器に銀や銅を使っているのだな〟

〝そうなんですよねえ。鉄が使える種族のほうがこのあたりは便利だと思います〟

鉄と銅では産出量が文字通り桁違いになる。鉄ほどありふれた鉱物もない。鉄があるからこそ人間は魔法がなくても増えていっている。

牛駱を何度もかけて仕上げた肉を皿に乗せ、葡萄酒と葡萄酢、塩胡椒、焼いた肉から出た汁に残った牛酪で味付けを行う。付け合せはナズナである。これも肉を焼いたあとの牛駱で短時間炒《いた》めた。

シレンツィオは肉を休ませる間に別の料理も作っていた。前日の朝に手に入れていたクッキーをナイフの柄で叩き、粉々にすると器の底に詰め、牛酪と水分の残る乾酪、砂糖を混ぜ合わせた。まざったそれを充填《じゅうてん》して、天火《オーブン》にかけて焼くのである。

「熱いのもうまいが冷やしてもいい。どうする」

〝羽妖精的には冷えてる方が美味しそうに思えます〟

〝ならば冷やすか。外においておけば数時間で完成する〟

「冷凍なら魔法が使えます」

テティスがシレンツィオの太ももに抱きつきながら言った。

「便利だな。やってくれ」

それで短時間で出来た。テティスは上級貴族の習いで古い魔法が使えていた。軍用ではない故に威力は弱いが汎用性の高い魔法である。

すぐに冷凍が始まってシレンツィオを喜ばせた。

「この魔法があれば新しい料理も作れるかもしれんな」

〝軍事利用より先に料理に使う辺りがシレンツィオさんぽくて好きです〟

「そうか。この手の魔法が牛酪の作成を阻んでいたのだな」

そう言いながら、上に香りのいい雑草を散らす。

〝ミントは雑草ではありませんよ。立派な香草です!!〟

〝そういう意見もある。どこでも手に入るのはいいな〟

実際道端に行くと羽妖精が言うミントは、たいていどんな国でも大量に生えている。この草、馬の餌にもなり、普通の飼い葉に飽きている時に食べさせると食欲が回復したり、興奮を収めることがある。とはいえ消費量より繁茂の量が多く、庭の侵略者として世間一般では雑草として扱われていた。

「さて、食うか」

分厚いステーキをナイフで切って突き刺して食う。中身は赤く、肉汁を豊富に含み、噛《か》みごたえと満足感を与えてくれる。

テティスは小さく切って口に入れていたが、途中で少々行儀が悪くなって、大きな塊を口に入れて嬉しそうにしていた。

「不思議に美味しいです。おじさま」

「不思議かどうかはしらんが。うまい。もう少し保存したほうがうまいんだが、まあ保存庫がないからな」

「昼に食べたのもおいしかったけど、これもすぅです」

ガットは噛みごたえのある肉のほうが好きらしく、尻尾をゆっくり振りながら食べていた。

〝シレンツィオさん！　私も！　甘い物！〟

〝そうだな。先に食べるといい〟

頭を突っ込むような形で冷やしたものを食べ始めた羽妖精は、もんどりうって倒れるようにして味を表現した。

〝ベイクドチーズケーキですよこれは！〟

〝よく分からんがうまそうでよかった〟

〝毎日これが食べたいです〟

〝分かった〟

羽妖精はその返事を聞いて、シレンツィオの顔の前まで飛んだ。

〝ええと、今のはですね、古代語における婚姻の申し込みでして……〟

「おじさま、羽妖精の戯言《たわごと》に乗せられませんよう」

〝何邪魔してるんですか性悪幼女〟

「おじさまの不利益になることを見過ごせないだけです」

そう宣言した後、テティスはベイクドチーズケーキを食べている。頬が年相応に緩んだ。

「たしかに毎日食べたいですね。わたくしは束縛したりはしませんけれど」

〝ちょいちょいどす黒い本性がでてますよ〟

〝無知に付け込む浅ましいあなたに言われたくありません〟

〝元気になってきたな〟

〝シレンツィオさん、その感想はどうなんですか〟

羽妖精に言われてシレンツィオは黙って料理用ナイフを洗った。そのうち銀の包丁でも手に入れねばなるまいなと考えた。

（8）

翌朝、シレンツィオはクッキーを作っている。たっぷりの牛酪に砂糖と卵黄をざっくり混ぜ合わせ、黒麦粉と小麦粉を加えてさらに混ぜた。あまり混ぜ合わせすぎると味が悪くなるので粉気がなくなるほどで良い。生地を棒状にして布で保湿し、寒い部屋でさらして寝かせる。一時間ほどしたらこの棒を切って並べ、天火にかけて焼き上げるのである。

〝香ばしい匂いですねえ〟

〝そうだな〟

こうして焼いたクッキーを、シレンツィオは中庭に持っていっている。薄い本の少女に食わせるためである。

果たして中庭には寒いのか震える少女がいた。

「寒いのなら中に入ったらどうだ」

「……なんで何度も来るのですか？」

「深い理由があると思うな」

〝浮気は駄目ですよ〟

〝何の話だ〟

シレンツィオはそう思いながら、布で包んだクッキーを渡している。

「まだ温かい」

受け取った少女はそう言った後、その温かさで急に感情を取り戻したか、シレンツィオを睨んでいる。

「私を憐《あわ》れんでいますか」

「なぜ？」

しばしの間があった。少女は目をそらしている。

「劣等生だから」

「それは憐れむ理由になるのか」

〝シレンツィオさん、言葉が足りてませんよ〟

〝面倒くさい〟

シレンツィオは羽妖精にそう返した後、今度は薄い本の少女に向かって口を開いた。

「俺は魔法が使えないが、気にしていない。憐れんでほしいとも思わない。俺は男だが、以下同文だ。俺の故郷ではこうとも言う、初めの位置が違うだけ、となる。これしかないと思うときは、大体間違っているものだ。今、お前が身体を鍛える以外の道を探しているように、他の道は常にある。

その上で言うが……」

シレンツィオは一度言葉を切ったあとで、口を開いた。

「それ以外の全部を試すには、まだ人生が足りてないように見える。まだ可哀想《かわいそう》と言われるのは早いのではないか」

薄い本の少女はシレンツィオをちらりと見たあと、包みを開いた。

クッキーを食《は》んだ。

「不思議な風味……甘い」

「それが気に入ったら、作り方を教える」

シレンツィオはそれだけ言って、中庭から立ち去っている。

〝いいんですかシレンツィオさん。彼女泣いてますよ〟

〝肩でも抱いて慰めたがいいか〟

〝事案じゃないですか〟

〝そうだろうな〟

羽妖精が襟から出てきた。

〝もしかして、私に配慮しましたか？　しましたよね!?〟

〝アルバでは海に出た男を詮索するなと言うぞ〟

それでしばらくは、幼年学校生活が続いた。シレンツィオは学業において実に真面目で、エルフ語をあっという間に覚えていっている。元々何ヵ《か》国《こく》語も使えた関係で、覚えるのが非常に早かったのだろうと言われている。

私生活においてはテティスの普段の食事はガットが作っているとのことで、見かねたシレンツィオは度々食事を出していた。ガットを休ませようという魂胆である。口にしては何も言わないのであるが。

さらに忠誠心はさておき、料理が苦手なガットに対して料理を教えることもしている。この関係でガットはシレンツィオの部屋に度々入り浸り、そして昼寝をしては寝小便をした。

〝私の家が！〟

〝困ったものだな〟

〝シレンツィオさん、全然困ってなさそうですよ〟

〝まあそうなんだが〟

この時代、洗濯に尿を使うこともそれなりにある。このためシレンツィオはあまり忌避感もなかった。あるいは単に子供に甘かったのかもしれない。

寝小便の度にガットがあやまるので、シレンツィオは頭を撫でて、そのうち治ると言っている。

そんなある日のこと。

〝金を稼がねばならぬな〟

そう思った瞬間、シレンツィオの襟が揺れた。

〝性悪幼女から食費貰えばいいじゃないですかと言いたいところですがシレンツィオさんはやりませんよね〟

〝やらんな〟

〝どうするんです？〟

〝金を稼ぐか〟

〝シレンツィオさんがお金稼ぎする姿なんて想像もつきま……う〟

〝う？〟

〝なんでもありません〟

〝想像ついたな〟

〝だ、駄目ですよ海賊とか、あ、山賊か、山賊も駄目です〟

〝俺は海賊を取り締まる側だった〟

〝そういう人が海賊になったら強そうじゃないですか〟

〝なるほど〟

〝納得しないでください。とにかく駄目です。惑星表面を崩壊させかねない北大陸のエルフは大大大っ嫌いですけど、殺し合いをして酷薄そうに笑っているシレンツィオさんなんて金輪際見たくもありません〟

この頃、この羽妖精は任務を放り出してシレンツィオの心配ばかりをしている。すっかりメロメロともいう。

〝分かった〟

〝本当ですか？〟

〝面白いから放っておいたが、そもそも金策のつてはある〟

シレンツィオのいう金策とはアルバ本国に留学資金を送れというものであった。この書面は現代でも残されていて、予想以上に交際費に掛かったという理由が流麗な文字で書かれている。

シレンツィオ・アガタといえばいかつい姿で描かれることが多く、同時代の人々も同様の感想を多く残しているが、見た目に反して文字だけは女性的で美しく、それゆえ本人のものではないのではないかと昔から言われている。もっとも、代わりに書けそうな人間がルースの幼年学校にはおらず、それらを勘案した結果、やはり本人が書いたであろうということになっている。

シレンツィオは素早く文章をしたため手紙としたが、問題はこの手紙をどうやってアルバ本国へ送るかである。

国際郵便制度どころか単なる郵便制度もなかった時代である。手紙を送るもっとも一般的な手段が使者に託すというものであった。

ところが何分、一人でやってきた故に、その使者のなり手がいないときている。

シレンツィオは少し考えたあと、リアン国の留学生に頼んで、ついでに手紙を送ってもらうことにした。

リアン国はここ、ルース王国の西隣に位置するエルフによる海洋商業国家である。大商人が国を牛耳るという点はアルバにより近い。秋津洲にもほぼ同様の商業都市があるので、彼らがアルバの真似をしたというよりも、海洋貿易が盛んな場所ではそういう政治形態が自然と発生するのであろう。

それで、シレンツィオは手紙を持ってリアン国の生徒を探している。ルース王国の幼年学校はこの時代にはかなり開かれていて、他国の留学生も大勢いた。これはルース王国の歴史に理由がある。

ルース王国は元々魔法を基軸にした大帝国だったのだが、王家がどんどん分家をだして独立させていったために、今のような版図になった。ニクニッスやリアン国もその一例である。平和的に縮小、衰退していったわけであるが、歴史的な王家同士の血の繋《つな》がりは今も健在で、故にゆるい家族意識というか連帯をもっており、その関係で留学生を多く受け入れていた訳である。

さらに分家国家の推薦でさらに遠くの国や異種族の受け入れもやっていた。この頃、ルース王国は北大陸におけるエルフ文化の中心地であったといってよい。

シレンツィオはそんな雰囲気の中で学校を歩いている。

〝この学校って、要するに子弟を人質にしているわけですよね〟

〝そういう風に使うこともできるな。潜在的な味方を教育して、輸出しているという言い方もできる〟

〝なるほど、色々な思惑があるんですねえ。ところでリアン国の生徒のところに行くのに、なんで性悪幼女のところに行くんです？〟

〝誰がリアン国のエルフなのか分からん。それで聞こうと思ってな〟

〝あー。シレンツィオさん、一切他人に興味ないですもんねえ〟

〝ないな〟

〝いいことです。その分私を見てくださいね〟

〝そっちのほうが飽きないでいいな〟

〝でしょう？　でしょう？　シレンツィオさんはすっかり私にめろめろですね〟

羽妖精は姿をみせてシレンツィオの目の前で踊りたかったが、人目があるのでやめた。代わりに不自然に襟を揺らした。この襟、最近ではすっかり羽妖精の棲家《すみか》になっていた。

テティスは羽妖精のテレパスを拾ったか、教室から出てシレンツィオに手を振った。飛び上がって手を振っている。

「おじさま、どうなさったのですか?」

他の生徒からすると一種異様な、あるいは事案のような光景であるが、本人たちは気にしていない。

「実はリアン国の生徒を紹介してほしくてな」

シレンツィオは本国に手紙を送りたいという事情を思った。テレパスで読み取ったテティスは頷いて口を開いている。返信までテレパスにしていると、余人から見て会話しているように見えなくなるからだった。

「それでしたら一人、いらっしゃいますよ。第三王女エメラルド姫が。この方なら適任だと思いますけど」

「翠玉姫《すいぎょく》。なんとも美しい名前だが」

テティスは笑顔のまま空気を凍らせた。

「あら、おじさま、新しい女を探そう、とか?」

「事情は話したろう」

「そうでしたね」

テティスはそう言った後、笑顔で背伸びした。

「私のテティスという名前にも銀の脚という意味がありましてよ？」

「なるほど。エルフというものは美しい名前をつけるものらしい」

〝そろそろ満を持して私の名前を聞くべきでは〟

テティスは羽妖精のテレパスを無視した。

「でも、注意をなさったほうがよいかと思いますよ。エメラルド姫の別名は火球、ですもの」

火球というのはエルフの陸軍が多用する火力魔法《メインファイア》である。数百人を吹き飛ばす力がある。この魔法の存在によって対峙《たいじ》する軍はそれまでの密集陣形から散兵戦術へ転換を余儀なくされたとされる。人間から見ると忌々しい魔法であり、死の象徴だった。

「なんともこう、物騒な名前だな」

「確か八歳で第二学年ですから私たちと同じですね」

同じなのかとシレンツィオは思ったが、何も言わなかった。

「では手紙を届けてくる」

「中身を確認しましょうか？　エルフ特有の言い回しなどもありますから」

「いや、大丈夫だ。大したものではない」

金策と知られるのも心苦しく、シレンツィオはそう言って断っている。再度空気が凍ったがシレンツィオは特に気にしていなかった。そのまま案内された場所へ歩いていっている。

「あ、シレンツィオだ」

いつもと違う教室には、当然のようにいつもと違う人物がいた。マクアディ・ソンフランである。このエルフの少年というには幼い人物はルース王国の出身であり、シレンツィオによくなついていた。出は貧しい騎士の家である。

そのせいだろうか。マクアディは行儀悪くも机の上に座っていた。そこから飛び降りて、シレンツィオのところへ走り寄っている。

「話し中だったが、良かったのか」

「いいってことよ。俺たち友達だろ」

マクアディはそう言うが、先程まで一緒に話していた背後の幼女はそうでもなかったらしい。見事な金髪を軽く逆立てて怒り狂っていた。

〝シレンツィオさん、目です〟

〝目か。綺麗な緑だな。ああ〟

どうやらその人物が、エメラルド姫のようであった。依頼する前に怒らせたようである。

さらには運の悪いことに、エメラルド姫の後ろには見知った銀髪のエルフが控えていた。

〝あのエルフ……〟

〝中々ままならぬものだ〟

〝シレンツィオさん、殺したら駄目ですからね〟

〝分かっている〟

シレンツィオは大胆な行動に出ることも多いがバカではない。時期を見てやり直そうと考えた。

マクアディは屈託ない笑顔でシレンツィオに尋ねた。

「何の用？」

「野暮用《やぼよう》でな」

シレンツィオはそう言って、マクアディの頭を撫でた。

「いつぞやの約束を覚えているか」

「釣床くれるの？」

「ああ」

「やった！」

抱きついて喜ぶマクアディだが、その背後ではすぐにも火球を飛ばしてきそうなエメラルド姫がいた。

まったくままならぬものだとシレンツィオは考える。

「あとで取りに来てくれ。俺の部屋は分かるだろう」

「うんっ」

シレンツィオは早々に退散する。

〝怖そうな人ですね〟

〝誰がだ〟

〝エメラルド姫ですよ〟

〝そうか〟

〝シレンツィオさん、いくら他人に興味ないからって……〞

すると物陰からテティスが出てきた。笑みを浮かべている。

「あらおじさま、手紙を渡すのではなかったのですか？」

廊下に立っていた生徒たちが走って逃げるほどの冷え冷えとした声だった。向こうが火球ならこちらは氷嵐である。

「間が悪かった」

「本当かなぁ？」

後ろ手に小首を傾げるテティス。対してシレンツィオは手を出した。その手と顔を、テティスは交互に見た。

「これは？」

「読んでみたらいい。おそらくその能力《テレパス》は、距離が近いほど強くなるのではないか」

するとテティスは面白くなさそうに横を向いた。

「結構です。どうやらごまかす方法を編み出されているようですし」

〝そんなのあるわけないじゃないですか。シレンツィオさんは鉄が使える魔法《はっかえません》んです〞

羽妖精が割り込んだ。テティスは難しい顔をした後、シレンツィオの顔を見上げる。

〝お手紙はどうなさったのですか？　おじさま〞

「姫が殊の外不機嫌でな。時期を見てやり直そうと撤退してきたところだ」

「ふぅん。分かりました。では騙されてあげます」

〝シレンツィオさんが騙すほどなにか考えているわけないじゃないですか〟

〝黙っててください。それだから羽妖精では大帝国が築けぬのです〟

〝あー、シレンツィオさん、この性悪幼女、ちょいちょい外堀からうめて束縛していくタイプですよ〟

〝そっちこそ！〟

シレンツィオはテティスの頭をなでた。

〝タイプがなんなのかは知らんが、疑われるほどなにか事情があるわけではないな〟

〝今大人の女が恋しいと思いましたね〟

〝それはわたくしも感じました〟

シレンツィオは心の中で苦笑すると、作戦を立て直すことにした。

授業を受け終わると大体午後三時頃になる。シレンツィオの場合、ここから夕食の支度をしなければならない。シレンツィオが食材を並べて何を作ろうか思案をしていると、来客があった。

「ソンフランか。いいぞ」

〝よく分かりますね、シレンツィオさん〟

〝足音の違いだな。テティスは非常に小さい。おそらくは息を潜めて、誰にも見つからないように生きていたんだろう。侍女であるガットもそうだな〟

〝気持ちは分かる気がします〟

〝羽妖精にもそういうのはあるのか？〟

〝そうですね。この世に楽園などきっとないのでしょう〟

〝そうでもない。多分な。俺の今住むところは……〟

「釣床、ちょうだい！」

「おお、そこにあるぞ」

小さめの釣床を受け取ると、マクアディは満面の笑みで喜んだ。

「ありがとう！」

「約束だったからな。ところでいいのか？」

「何が？」

「つけられているようだが」

へっ？　とマクアディが振り向くと同時に扉が開いた。というよりも外れた。そこから姿をみせたのは件《くだん》のエメラルド姫である。扉と一緒に見事に倒れており、誰相手でもみせてはいけないような面白い姿になっていた。

シレンツィオが片目で見た感じ、ここで爆笑せずに助け出しているマクアディは偉い。

「ソンフランはアルバでも立派にやれるな」

「なんのこと？」

「女性を大事にするやつは恋多き人生を送る」

〝ポリコレ棒でぶっ叩きますよシレンツィオさん〟

〝俺の国の常識だ〟

〝滅んじゃえそんな国。女の敵じゃないですか〟

〝そうか？　世界一女が生きやすい国と言われているんだが〟

襟が抗議のために激しく揺れているが、エメラルド姫が大変なことになっているので誰も注目しなかった。

シレンツィオは口を開いた。

「助けはいるか？　怪我は？」

介抱するマクアディが返事した。

「大丈夫。なんだよエメラルド、こんなところで」

〝うわ、察し悪い系主人公の嫌な匂いがしますよシレンツィオさん〟

〝何を言っているのか分からんが気のせいだろう〟

エメラルドを見る。エメラルドは額を擦りむいたようで、両手で額をかばいつつ、泣きそう。マクアディはその様子を見ても何も思わないようで、言葉を続ける。

「痛いの？　大丈夫？」

「大丈夫だけど……」

エメラルドは壊れた扉を見た。そのまま視線を動かしてシレンツィオを見る。

「この扉、壊れやすすぎ！　なんなのよう！　もう！」

「エメラルド、それは駄目だろ。こういうときは謝るんだよ。一緒に謝ってやるから」

マクアディがそう言うと、エメラルドは顔を真っ赤にして怒り出した。

「なんであんたが謝るのよ！　おかしいでしょ!!」

〝シレンツィオさん、これが逆ギレですよ〟

〝そうか〟

〝扉、壊れやすくなってたんですねぇ〟

〝前に一度壊れたからな〟

シレンツィオと羽妖精がのんきにテレパスを飛ばし合う間にも、エメラルド姫はマクアディとやりあっている。微笑ましい様子であった。

〝お似合いだな〟

〝身分差があるから、学校だけの関係でしょうけどね〟

〝そもそも子供の時分の恋なんか成就はしないだろう〟

すると壊れた扉から第三、第四の追跡者が現れた。テティスとガットである。

「話は聞かせてもらいました。エメラルド姫を私は応援します」

テティスはそんなことを宣言している。流れが分からないので、エメラルドとマクアディは呆然とした。

〝性悪幼女さん、隠れて私達《たち》の会話を傍受してたみたいです〟

〝そうか〟

シレンツィオはちょうどよい頃合いとみて、エメラルドの前に膝をついている。

「こんな状況で済まないが、リアン国の方とお見受けする。自分はアルバ国からの留学生なのだが、本国に手紙を送りたくてな」

「え？　アルバ？　ずっと東の国の？　古代人がいる？」

「そのアルバだ」

エメラルドはシレンツィオを見たあと、マクアディを見た。楽しそうに笑顔になっているマクアディを守るようにエメラルドは動いている。

「私に用があるならこの子を出汁にしないで。それと扉については弁償させます。詫びはじいにさせます」

「詫びや弁償はともあれ、ソンフランとはここについてからの友人だ。というよりも、貴方と関係があるとは思いもしなかった。そもそもそこのテティス嬢から話を聞くまではリアン国の人物がこの学校にいるとも知らず」

「なる、ほど……？」

半信半疑という風だが、一応エメラルドは納得した。確認の手順など取らなかったのは、まだ幼かったからであろう。

「でも変ね。アルバ国といえば銀の主要輸出国、その留学生だったら私が知らないわけがな……」

エメラルドの顔が急に面白いことになった。なにかに思い当たったらしい。

「マクア確保！」

「え？　うん」

マクアディはシレンツィオに抱きついた。それを見てガットはシレンツィオの背中に飛び乗っている。

「これはにゃーとお姫様のです」

「ちがーう！」

エメラルドは手を振り回して言った。一国の王族とは思えぬ動きであった。シレンツィオを指差す。

「見つけた。あなた行方不明になっているシレンツィオ・アガタでしょ！」

「シレンツィオ・アガタなのは間違いないが、行方不明とは」

「士官学校に姿をみせなかったのでうちの国《リアン》で大騒ぎになってるのよ」

「そうか。おかしいなとは、なんとなく思ってたんだが」

〝その違和感をちょろく無視できるのがシレンツィオさんの才能というか、心底すごいと思うところです〟

〝この場合はこの学校やルース王国、あるいはリアン国の管理体制が問題なのではないだろうか〟

〝まあ、そうとも言いますね〟

そこまでテレパスでやり取りしたところで、皆の注目がテティスに集まった。テティスが片手を綺麗にあげている。

「ルース王国エンラン伯爵家として異議を申し立てます」

「え。なに？」

うっかり口に出たマクアディの言葉が場を代表していると言えるであろう。テティスはマクアディをつんと無視して、言葉を続けた。

「リアン国の管理能力は異国からの客人を迎えるにあたわず、ならばエルフを代表してエンラン家がおじさまを保護いたします」

〝シレンツィオさん！　外堀どころか内堀まで一気に埋めようとしてますよ、この性悪幼女は！〟

〝おだまりなさい。士官学校では羽妖精が潜り込まないように結界があるんですよ。あなたにも利があるはず〟

〝なんでピンポイントにそんな変な結界があるんですか。おかしいでしょ！〟

〝理由なんてしりません〟

テティスはそう思った後、満を持してふんすとシレンツィオに抱きついた。シレンツィオは子供に囲まれて若干頬を緩ませている。ただ状況は、なんだかよくわからないほどに混沌《こんとん》としていた。

なお、陸軍士官学校に羽妖精避《よ》けの結界があるのは数学不正対策である。士官学校では飛躍的に数学課題の難易度が跳ね上がるので不正対策として数学が得意な羽妖精対策がもれなく取り入れられていた。けっして冗談でも適当だったわけでもない。自然対数や三角関数程度はできないと士官学校ではやっていけなかったのである。

三章

(9)

期せずして、国際問題となった。もっとも国際問題は大抵が期せずして起きてしまうものである。今回の場合はシレンツィオを巡ってアルバ国、リアン国とルース王国の間で揉《も》めることになった。

この件、所詮八歳の子供の戯言《たわごと》で済ませられればよかったのだが、実際にはそうならなかった。その原因は（関係者の思いと数だけ）いくつもあるのだが、主だったものを五つ見ていくことにする。

一つにエンラン伯爵第三子テティスが心を読む力を持っていたことがある。彼女の家中での立場はさておき、〝読んだ〟内容については疑義の余地がなかった。彼女がエメラルド姫の心を読んでリアン国の手違いがあったと言い出せば、この言葉には子供とは言え、否、子供だからこそ大変な重みがあったわけである。

二つめに海を利用した経済貿易で成功するリアン国に対して、ルース王国は苦々しく思っていた。今回の件を利用してリアンから権益の一部を奪おうとルースの国内貴族の一部が動いた。一例をあげるとテティスの実家であるエンラン家はここのところ財政が悪化しており、その借金の一部はリアン国が握っていた。これをどうにかしようとしていたわけである。

三つめに、リアン国とルース王国、双方が責任を押し付けあった。リアン国はたしかに間違えて幼年学校まで移送したことを認めつつ、幼年学校が受け入れたことにも問題があるといいだし、ルース王国側はこの意見を聞いて激怒したとされる。そもそも間違えたのはそっちではないかという話である。

四つめにアルバ国の宮廷にあたる元老院からシレンツィオ・アガタの留学について報告を求められていたのにリアン国が虚偽の報告を繰り返していたことがこの件で明らかになってしまったのである。リアン国はシレンツィオが出奔したなどと嘘《うそ》をついていた。この嘘がばれた上に身柄がルース王国に移ったとあればリアン国の内閣総辞職どころではすまないことになっている。リアン国の外交能力と商人としていちばん重要な信用能力の両方に重大な傷がつきかねない危険な状況になっていたのである。

そして最後の一つが重要で、本人の自覚はさておき、アルバの宝剣の名前が大きすぎたのである。アルバ本国は玉突き事故のように元老院が苦境にさらされていた。シレンツィオを輸送していた船の船長、サレンダの総督の報告を皮切りにシレンツィオの現状を知った国民たちがアルバ、ニアアルバの英雄を助けよと強烈に元老院を叩《たた》きはじめたのである。これは結果としてリアン国に対して、大変な重圧になってのしかかった。

それにしてもこの件で目立つのはエルフの人間を見分ける能力の低さである。劣等人と馬鹿にしていたからでは説明がつかないほど彼らはシレンツィオを見分けることができていない。リアン国の言い訳というか報告書にはシレンツィオの本名であるピエールと書いてあったから、というものもあったが、それだけでは説明するのが難しい。おそらく、ではあるのだが、エルフは視力の代わりに魔力で個体識別をしていたのではなかろうか。若いというよりも幼いエルフだと肉眼で識別をしているようなので、長生きする過程で視覚を失っていくようである。ただ、現在生き残っているエルフはいないために、このあたりは良くわからない。

ともあれ、アルバ、リアン、ルースで揉めた。

結果、どうなったか。幼年学校とは関係ないところで戦争に発展しかねない大騒ぎが起きていたのである。一方でシレンツィオのいる幼年学校は、静かなものであった。上の殴り合いが終わって指示が現場に降りてくるまでは、各国身動きが取れず現状維持になったのである。

そんな事情をどこまで把握しているのか。テティスは保護を名目にシレンツィオの部屋に入り浸っている。

「おじさまのおかげで、久しぶりにお父様からお手紙がきました」

あげく、嬉《うれ》しそうに言った。

羽妖精がシレンツィオの外套《がいとう》の襟から出現して腕を組んだ。

〝怒られてませんか。勝手なことをしたなって〟

「それが、褒められたのです。生まれてはじめてかもしれません」

幸せそうに笑うテティスを見て、羽妖精の顔が曇る。一方で襟の主《あるじ》というかシレンツィオは、何の表情も浮かべていない。

〝シレンツィオさん、この状況はどうなんでしょう〟

〝テティスが嬉しそうならそれでいいだろう〟

羽妖精の愁眉は開かなかった。

〝大人としてどうなんですか。外交問題で性悪幼女が前科付き性悪幼女になるかもしれませんよ？〟

シレンツィオはキクイモを油で揚げながら、考える。

〝八歳の子供の言葉を、そういう風に使う、そんな国は滅んでいい〟

〝シレンツィオさん的にはそうなんでしょうけど、私は反対です。エルフは嫌いだけどシレンツィオさんが酷薄そうに笑みを浮かべるのはもっといやです。それぐらいならエルフは生きていてもいいです。どうぞ〟

〝それならば、そうだな。最悪はテティスを連れて旅にでも出る。ちょうど、お前も甘いものがある国がいいとか言っていたろう〟

〝さすがというか、国という概念に紐付《ひもづ》いてない発言ですねぇ〟

〝船乗りだからな〟

〝元でもそうみたいですね。はぁ〟

わざとらしく羽妖精はため息をついて、シレンツィオを見た。シレンツィオはテティスとガットに抱きつかれている。テティスは心底嬉しそうに。ガットは動くおもちゃを見つけたような顔をしていた。

〝それでしたら、性悪幼女はお父さんと仲良くしていただいて、私達《たち》だけで旅にでましょう〟

〝佃煮《つくだに》にしますよ〟

シレンツィオは表情を変えずに、食ったら教室に行くかと言った。この日は三年への進級試験である。

この状況でも進級試験を受けたりと、シレンツィオは真面目だった。このあたり、シレンツィオの気質というか、まったくと言っていいほど興味のないことに関心がないという性格をよく表している。

〝試験大丈夫そうですか？　頼まれたら手伝いますけど〟

〝必要ない〟

シレンツィオは大皿にキクイモの揚げ物を出した。塩と胡椒《こしょう》、香草をちらしたものである。皮付きのキクイモを一口大に切って揚げた簡単料理である。後、じゃがいもが発見されてこの料理は廃れるが、料理法についてはじゃがいもに受け継がれる形で今も残っている。

〝ホクホクしておいしいですねえ〟

羽妖精が顔の形が変わるくらいに頰張《ほおば》ってそう言った。ガットは必死に冷まそうと努力をしていた。猫舌なのである。

テティスは行儀よく食べて両手を合わせるようにして微笑《ほほえ》んだ。素朴な味だが貴族の口にもあったようである。

「私のエルフ生で、今が一番幸せなのかもしれませんね」

「人間と違って長生きできるんだ。いくらでも幸せはつかめる」

〝まあシレンツィオさんはいないいんですけどね〟

〝佃煮にして畑に撒《ま》きますよ。なんでそうやってわたくしのささやかな幸せを踏み潰そうとしているんですか〟

〝事実ですけどなにか。所詮、人間とエルフ。生きる時間が違うんですよ〟

テティスは考え込んだ。ちなみにシレンツィオは黙ってキクイモを食べていた。自分で作っておいてなんだがうまい。やはり二度揚げが重要だ。

「よし、いくか」

「にゃーはお帰りをお待ちします」

頭を下げるガットを見て、シレンツィオは頷《うなず》いた。

「なにもないとは思うが、何かあったらそこの縄を引っ張ってくれ、罠《わな》が作動する」

〝一応ガットちゃんの安全面を考えているんですね〟

シレンツィオはなんの返事もしていない。当然過ぎたのである。

さて進級試験であるが、もとより得意だった数学以外もエルフ語で満点を出した。無双である。九歳相当の問題ではあるが。

同様に試験に合格したテティスは不思議そうに口を開いている。

「おじさま、どうやってエルフ語を勉強したのですか」

「エルフ語は理路整然として変化も規則正しい。外国人から見ると覚えるのは簡単な部類だ」

これは俗エルフ語という北大陸のエルフ語が後になって作られた言語だからである。時代の変遷による変化が少なく、例えば流行の言い回しが根付いてこの言葉のみ語尾変化が異なる、といった言語にありがちな例外があまり見られなかったからであった。シレンツィオは知らない単語や言い回しでも推測して回答することができたのである。

〝アルバ語みたいに古代語から変化を繰り返したものと比べるとわかりやすいですよね〟

〝覚えやすい国の言葉は大帝国を築く。ということなんだろうな〟

羽妖精のテレパスにシレンツィオはそう返した。

「おじさま、三年次からは魔法の基礎が始まりますよ」

「そうか、それは楽しみだな」

〝使えないのに？〟

〝それがどうしたんだ〟

羽妖精の言葉をものともしないシレンツィオである。襟が、揺れた。

〝こう、なんというか、シレンツィオさんがそういう人だってことはよく分かっているんですけど、無駄なことを覚えているような気がしません？〟

〝無駄とは値付けができなかった商人の負け惜しみだ〟

〝値付けですか〟

〝そうだ。商人とは畢竟《ひっきょう》値付けをする仕事だからな〟

〝はあ〟

〝俺の国に尿を買い取る業者がいてな〟

〝なんかもう想像の枠外ですね〟

〝肥料に洗濯に、最近だと火薬と、あれこれ使うわけだ。今の元老院の筆頭の家がそれだな。かの家は尿に値付けして金儲《かねもう》けができたわけだ〟

シレンツィオは遠い故郷にいる誰かを思い出して少し微笑んだ。

〝大金持ちや成功者の成功譚《たん》を前にすれば、無駄という言葉がどれだけ負け惜しみなのかはよく分かるようになっている。もちろん、成功者としてはこういうのを積極的に教えたりはせんがな。むしろよくできた成功者ほど自分の部下には無駄を減らせというものだ〟

〝なんでです？〟

〝成功されたら困るからだな〟

〝なるほど。よく分かります。邪悪ですね〟

〝そうかもな〟

テティスは一緒に歩きながらシレンツィオの手を握った。その権能のせいで実の母親とも手を繫《つな》げない立場だったのだが、シレンツィオが一切気にしないことをいいことに、テティスはべたべたと、それこそ失った肌のふれあい《スキンシップ》を取り返すようにシレンツィオに触れていた。

「おじさま、先程のお言葉、書き留めておいてもよろしいでしょうか。貴族の心得と重なるところが大きいような気がしました」

〝自由に〟

〝シレンツィオさん、口を使いましょうよ〟

「自由に。どんな金言も役に立たせることができるやつは数が少なく、役立たせるやつはそもそも金言なぞいらない、ということがほとんどだ」

シレンツィオは言葉を続けた。

「だがまあ、ためになる時だってたまにはある。物事には何事も例外がある、だな」

〝ぶぶー。シレンツィオさん。今の言い回しはなんか優しくて嫌です。性悪幼女にはもっと厳しく当たってください〟

〝なぜだ〟

〝独占したいです〟

羽妖精の正直すぎる意見に、テティスは一度だまり、しかるのちにそこらにあった煤払《すすはら》いの棒でシレンツィオの襟を叩いている。

〝邪悪な羽妖精滅ぶべし、一切の慈悲なし〟

〝かかってこいやですよ！〟

シレンツィオは表情を変えずにテティスを抱えて自室へ戻った。さぞかし面白い図だったに違いないのだが、記録には残っていない。

午後になるとマクアディがやって来ている。こちらも無事進級できたようであった。教室の隅の席でシレンツィオの横に座って身を乗り出している。

「シレンツィオって人間の国の凄《すご》い軍人なの？」

どうやら、エメラルド姫に説明を受けたようである。ただ、その態度はそれまでと変わらない。

ソンフランのいいところだと、シレンツィオは心のなかで頷いている。

「凄くはないな。凄い軍人がここでこうしているわけないだろう」

「そうかー。そうだよね。エメラルドが血相変えていたから、何事かと思った」

「血相を変えているのはリアン国ではなくて、俺の国かもしれんがな」

「そうなの？　なんで？」

「女が放っておかないだろう」

〝ポリコレ棒でぶっ叩きますよ〟

〝俺が何をしたというんだ〟

羽妖精とシレンツィオをよそに、マクアディは納得したという風に大きく頷いた。

「まあ母さんはうるさいもんな。こっちの事情を考えないですぐ帰ってこいというんだもん」

〝シレンツィオさんは猛省してください。どうぞ〟

〝かわいいものじゃないか〟

〝そのいたいけな子供に何を教えているのかって話ですよ〟

「それで国に帰るの？　どれくらい？」

「さてな。何分遠いから、帰るのは相当大変そうだが」

「谷、大変だよね。母さんに手紙かいてあの谷渡るのに命がけって書いたら、言い訳はいらないとか書いて寄越《よこ》してきたんだよ」

「凧《たこ》で下ればすぐなんだがな」

「え、何？　凧って」

シレンツィオはこの時、マクアディに牛酪の件を伝えている。後、この情報が役に立ったとされているが、本編には関係ないので割愛する。

「エメラルドを怒らないでやってくれよな。あいつ、すぐ怒るけど、悪いやつじゃないんだ」

「ソンフランが言うのならそうなんだろう。もとより、エメラルド姫に悪感情など持つわけもない」

「そうだよね。俺もそう言ったんだけど……」

〝シレンツィオさん、この子リアン国の出汁《だし》にされてません？〟

〝あの不器用なエメラルド姫と俺を殺せない間抜けのエルフが、か？〟

〝過小評価すべきではありません。現にあの性悪幼女を見てください。堂々と政治権力を行使してます〟

〝あんなものは子供の戯言だ。それを利用しようという大人が悪い〟

〝シレンツィオさんのそういうところは好きですけど、人間年齢にしたらたいして変わらないんですからね〟

〝そうなんだがな〟

「エメラルドがね、リアン国が苦境だって言ってるんだよ」

「そういうものか。まあ、だが数日で解決するだろう」

「そうなの、良かった」

マクアディは素直に喜んで、エメラルドに伝えてくると走っていった。シレンツィオの襟が揺れた。

〝あんなこと言って根拠とかあるんですか〟

〝海と同じだ。潮の変わり目というものがある。今のソンフランの言葉は、海鳥が飛んできているようなもんだ〟

〝騒ぎがあるってことですよね〟

〝そうなるな〟

〝荒事になるようなら、どこか遠い国に行きます？　私、遠い国でシレンツィオさんが開く食事処《どころ》の幸運の妖精になります〟

〝それも悪くない話だな。だがまあ、まずは少しばかり風を読んで帆を操らねばならん〟

〝性悪幼女ですね。彼女が困らないようにしないと〟

〝それにガットと校長とソンフランとエメラルド姫くらいは守りたいんだが〟

シレンツィオはそう言った後、席を立ち上がった。

〝まあ。風が来んことには始まらん。今は日持ちする食料を用意しとくか〟

〝脱出に備えるわけですね！　わーい保存食を作りましょう！〟

この時代、保存食は塩漬けか燻製《くんせい》か乾燥させるかしかない。例えば砂糖漬けや油漬けでも保存はできるのだが、砂糖も油も価格が高かった。地域によっては塩も高い。そうなると燻製と乾燥物ばかりが食卓にあがる。

〝甘い保存食があったらなあ〟

〝作るか〟

〝え、そんなのあるんですか〟

〝あるかないかで言えばある。ただまあ、持って一月だがな〟

シレンツィオはテティスの部屋に向かっている。自室には天火がないのである。父の手紙を何度も大事そうに読んでいるテティスに許可を得て、シレンツィオは料理を作り始めている。ガットが大きな手袋をつけて手伝うことになった。猫の肉球に似せてあって中々可愛《かわい》らしい。

まずは、天火を予熱しつつ、たっぷりの牛酪に砂糖、塩少し、牛乳を少し。それで小麦粉を練る。そして練る。パン種を入れて更に練る。まとまってきたら具材を入れる。乾燥させた木の実に酒に漬けた果実や乾燥させた果物を入れる。そして練る。また木の実と乾燥果物を入れて練る。具材がなくなるまでこれを繰り返し、まんべんなく具材が生地に混ざったら、椀《わん》に入れて整形する。そうしてできた生地を天火にかけて四〇分。焼けたそれに溶かし牛酪を刷毛《はけ》で塗りつけ、砂糖をまぶすのである。

こうしてできたものが北アルバで食されるパネトーネと呼ばれる菓子である。パネトーネには本来溶かし牛酪と砂糖まぶしは行わないのであるが、シレンツィオは羽妖精のために、これを行った。

溶けた牛酪の匂いと砂糖の香りが、腹を撃った。

〝わー、美味《おい》しそうです！〟

「すぐ食器を準備しますね」

羽妖精とテティスが姉妹のような連携で動こうとするのを、シレンツィオは止めた。

「残念だが、これを美味《うま》く食べるには時間をおかないといけない」

テティスの笑顔が凍った。

「ど、どれくらいでしょう」

「まあ一週間だな」

シレンツィオの言葉に羽妖精とテティスが並んで倒れた。気が遠くなったようである。ガットは肉のほうがいいのか、あまり反応しなかった。

羽妖精が、じたばたした。

〝ひ、酷《ひど》いですよシレンツィオさん！〟

〝保存食だと言ったろう〟

〝そうですけど！　匂いが！　匂いが！〟

〝代わりのものを作るから〟

〝わーい。シレンツィオさん大好きです〟

「おじさまは優しい人だって知ってました」

現金なやつらだと思いつつ、シレンツィオは笑顔になっている。もとより料理を褒められるのは悪い気がしない。

シレンツィオが取り出したのは茹《ゆ》でて冷ました栗《くり》である。これを一〇個ばかりと、小麦粉、牛酪、牛乳である。栗を潰して皆を混ぜ、生地にして薄く焼くのである。

焼くのにも牛酪を使うが焼いた後、上にも牛酪を乗せる。牛酪を包むようにまとめたら完成である。好みで半乾酪を乗せる。ガット用には腸詰めをつけた。ガットは大喜びでにゃー、にゃーと言った。

羽妖精とテティスは復活して目を輝かせた。

「おいしいです！　おじさま」

〝栗が、いい仕事してますねえ。はーんー幸せのあじー〟

三人と一妖精がうまーと、食べていると、遠くで爆発音がした。全員で顔を見合わせる。

〝どこかの国が仕掛けて来ましたかねえ。シレンツィオさん？〟

〝どうかな。今は昼だ〟

「リアン国は武力についてはさほどでもありません。せいぜい、夜におじさまを襲って連れ去るくらいだと思いますけど」

さすがは貴族の娘だけあって、テティスは荒事では動じていない。恐れることもしていないようである。ガットの方が反応して腸詰めを一息で食べて周囲を見回している。警戒しているのであろう。

シレンツィオは少し考えた。

「思うに、テティスを攻撃することはないと思うが」

「はい。おじさま。私というよりも、エンラン伯爵家やルース王国とことを構えることは考えにくいと思います」

「ということは、落ち着いて食事くらいはできるだろう」

〝シレンツィオさん、火事だったらどうするんですか〟

〝何もしないとは言ってない。俺はちょっと見てくる〟

〝私はついていきますからね〟

「私もついていきます」

「にゃーもいきます」

シレンツィオは軽くため息をついたあと、では急いで食べようと言った。自分のつくったものを残すという選択がないのだった。

慌ててうまーしたあと、シレンツィオはテティスの部屋にも縄で罠を仕掛けた。一応の用心である。

廊下の外に出ると、大騒ぎであった。爆発だ、などと野次馬《やじうま》が一方へ向かっており、シレンツィオたちはすぐに部屋に戻っている。

「いいのですか、行かなくても」

「陽動である可能性もあるし、そうでないとすれば、野次馬にまじるのもいい考えとは思えん」

「なるほど。おじさまはこういうのに慣れているんですね」

「慣れたらつまらんものだ。たまにでいい」

〝シレンツィオさん。シレンツィオさんの部屋の罠が起動したみたいです。悲鳴みたいな思いが聞こえます〟

〝そうか〟

「大丈夫なのですか。おじさま」

「貴重品は身につけている」

〝私ですね〟

〝そうだな〟

羽妖精は得意満面、テティスの前で踊っている。テティスは両手でばちんとやって羽妖精を叩き落とそうとした。

「この！」

〝シレンツィオさん。見ました!? 今の渾身《こんしん》のざまあ顔〟

テティスは泣きそうになったあと、シレンツィオに抱きついた。

「私も貴重品ですよね？」

「泣くな。美人が台無しだぞ」

〝私も泣いていいでしょうか〟

「おじさまはこんな悪趣味羽妖精と一刻も早く縁を切るべきです」

「お前たちといると飽きないでいいが、はて。襲撃か」

〝シレンツィオさん心当たりはありませんか〟

〝女の恨みを買ったことはないが……〟

〝男の人はどうです？〟

〝男がどう思おうと俺は気にしない。数えたこともない〟

〝で・す・よ・ね〟

〝褒めんでいいぞ〟

〝褒めるかーい〟

シレンツィオは表情をわずかに緩めるとテティスを抱き上げ、ガットを背に掴《つか》まらせた。

「火事だったときのことも考えて一度外に出るぞ」

〝待ってくださいね。シレンツィオさん。うーん〟

〝どうした〟

〝シレンツィオさんと私の部屋からの思念なんですが、助けに来たのにまたコレかとか喚《わめ》いている感じです〟

〝またこれというからには過去にも引っかかったわけだな。エメラルド姫か〟

〝いえ、ほら、銀髪のエルフですよ〟

〝そう言えばそういうやつもいたな。まあいいだろう〟

〝シレンツィオさん、子供と女性以外は塩対応すぎませんか〟

〝一緒の船に乗っているなら親切だぞ〟

〝それって地上ではずっと塩対応ですよね〟

〝そうなるな。まあ、地上が悪い。残念だった〟

シレンツィオは鉤縄《かぎなわ》を使って窓枠にひっかけると地上に向かって降りていっている。片手でも余裕であった。

降りた場所は中庭である。普段は閑散としているのに今日に限っては大量の生徒がおり、その最前列にエメラルド姫とマクアディが並んでいた。

〝ソンフランか〟

〝シレンツィオさん、口、口〟

「ソンフランか」

マクアディは呆然《ぼうぜん》としている。シレンツィオは二秒考えた後、口を開いた。

「縄はどれだけあってもいいと言ったはずだぞ」

「そうだった」

その返答が気に食わなかったのか、隣のエメラルド姫がマクアディの襟を掴んで揺らした。

「正気に戻りなさい、マクア！　この古代人の真似《まね》なんかしてたら転落死しちゃうから！　ダメよ、絶対ダメ」

「恋の気配がしますね。おじさま」

片手で抱き上げられたまま、テティスは言った。

〝でも鈍感系主人公の気配がしますよあの子。女の子は幸せになれないんじゃ〟

羽妖精が応じる。

シレンツィオは他人の恋愛事情に興味はない。子供であればなおさらである。それで、別のことを口にした。

「ところでみんなしてどうした」

マクアディとエメラルドが呆《あき》れた顔でシレンツィオの後ろを指さした。

後ろを振り向くとそこには東屋《あずまや》があった。それが爆発したのか煙をあげている。煙の量は激しく、東屋付近の視界を妨げていた。

〝起動は無理なんじゃなかったのか〟

〝そのはずです。一〇〇人必要でも私は驚きません〟

シレンツィオはテティスとガットを下ろすと、安全な場所に隠れておけと言いおいて、なんのためらいもなく煙に向かっている。あまりに自然体だったので、誰もシレンツィオが煙に近づくのを止めることができなかったくらいである。

〝風の動きと煙の動きが一致していない〟

〝良くない状況ですよ、シレンツィオさん、この世の理が壊れています《ワールドクライシス》〟

〝どういうことだ〟

〝異界と繋がっていると思います〟

〝そうか〟

シレンツィオは煙の中に入った。匂いのない煙だ、胸を焼くような感じもない。シレンツィオは歩を進めた。

〝なんで入りますかねえ。魔界とかに繋がってたらどうするんですか？〟

〝こういう面白そうなのは、取り敢《とあ》えず入る主義だ〟

〝これまでよく生きていましたね〟

〝遠く、遠くへ目指して人という種族は生きてきた。これまでも、これからもだ。俺が死んだくらいでこの流れを変えられるとは思わない。先人がどれだけ死んだと聞かされても、俺の足が止まらなかったのと同じだ〟

羽妖精はシレンツィオの襟から顔を出した。透き通った羽を羽ばたかせた。

〝難しいことを言っていますけど、つまりあの子の安否を確認するわけですね？〟

シレンツィオは何も言わなかった。ただ胸を張って歩くのみである。

〝人間の性質の話はした。だがまあ、お前は付き合わないでもいいぞ〟

〝いけずですよ。いけず。今の渾身のいけず顔見ました？〟

〝いや〟

〝そうですか〟

羽妖精はあまり残念でもなさそうにそう言うと、シレンツィオの顔の前を翔《と》んでその額に口づけをした。

〝あと、さっきのは人間の性質の話ではありません。貴方《あなた》の魂の形の話です。シレンツィオさん〟

〝そうか〟

〝この先何があってもついていくんですけど、私に言いたいことはありませんか？〟

〝お前の名前は？〟

羽妖精は笑みを浮かべた。その笑顔は長い航海を経た旅人も見たことのないものであった。

〝残念、私の名前はないのでした。名前を入力してくださいね〟

〝ボーラ〟

〝北風ですね。はいっ〟

ちなみにアルバ語ではすべての方位の風に固有名がついている。海洋民族で長いこと風任せの生活だった名残であるという。

一人と一妖精が歩を進めるとそこは燃え盛る廃墟《はいきょ》になっていた。破壊された家屋から続々と三mほどの巨大な黒い鎧《よろい》と一体化したような生き物が姿をみせ始めていた。目は四つで腕は四本、そのうち二本には武器らしきものをもっている。

〝割と最悪ですよ。こんなの見たことがありません。きっと良くない異界と接続されています。これだからエルフは〟

〝仮になんと名前をつけるべきか〟

〝悪そうなんで悪魔とかでいいんじゃないですか〟

〝なるほど。ではそれでいこう〟

悪魔はシレンツィオを四つの動く眼《め》で追いかけ始めると手にした棍棒《こんぼう》で迫り始めた。

シレンツィオは周囲を一度見回すと羽妖精に思念を飛ばしている。

〝海ならば綱を切るが、ここならどうだ〟

〝魔法陣を修正して破壊するしかないと思います〟

〝なるほど。こいつらがテティスやガットを襲ったら目覚めが悪い。あの少女と魔法陣の位置は分かるか？〟

〝ボーラにお任せください。魔法陣は分かりました。南東です。女の子の方は捜索中です〟

〝分かった〟

シレンツィオはボーラに導かれて走り出した。悪魔も追いかけ始めるが、出だしの速度はシレンツィオの脚力が勝った。

〝シレンツィオさん、推定ですが悪魔の最高速度は馬よりも速いですよ〟

〝そうか〟

シレンツィオは方向転換を繰り返して悪魔が最高速度を出せないようにして距離を引き離し始めた。

〝悪魔の一部が迂回《うかい》するように動き出し始めました〟

〝包囲だな。穴はあるか〟

〝ありませんけど〟

〝そうか〟

シレンツィオは包囲に動いている悪魔めがけてまっすぐ走った。包囲が完成するまえに接触したほうが敵の数は少なくなるからである。シレンツィオを追いかける悪魔が棍棒を振り下ろした瞬間横っ飛びして包囲に動いていた悪魔と同士討ちさせ、横をすり抜けて走った。

〝流石《さすが》です〟

〝ボーラが後ろを見ていてくれたおかげだ〟

〝えへへ、それほどでも〟

シレンツィオは少し考えると、走りながら思念を飛ばした。

〝少女を探す以外にもう一つ探して欲しい。悪魔は何を食べているのかを知りたい〟

ボーラはえーと声を出した後、シレンツィオの肩のあたりを飛び回った。シレンツィオの顔を見て回っているようであった。

〝あのですね、シレンツィオさん。不真面目が信条の羽妖精がこんなことというのはなんですが、今はシリアスパートですよ、絶対〟

〝シリアスが何かはしらんが、俺が真面目なのは疑いようもない。重要なことだ。何を食べているか、ということは〟

〝えー、そうなんですか〟

〝身体は食ったもので出来ている。食事は文化を作る。そして食事は行動を決める〟

ボーラは半信半疑だが、頷いた。

〝そうなんですか？〟

〝ああ。パスタを覚えているか〟

〝美味しいですよね。あれ〟

〝あれは海水で茹でる。言うならば船乗りの食い物としては最高だ。乾燥しきっているので腐りもせず、数十年も保管できる〟

それがどうした、とはボーラは言わなかった。ただシレンツィオの言葉を待った。

〝つまり、海沿いで進撃する前提ならアルバの軍は速いし強い。陸では逆だな。パスタを茹でるのに大量の水が必要だ。とてもじゃないが補給が追いつかない〟

〝あー、なるほど。悪魔の食べ物から、そういう傾向が見えるはずだと〟

〝そうだ〟

〝じゃあ、本気を出して探さないとですね。どこかな……〟

ボーラは高く浮かぶとすぐに戻ってきた。頭上を稲妻が飛んでいる。こちらも遠くを見渡せたが、敵からも見えたということろ。

〝すみません。見つかっちゃいました〟

〝気にするな。それよりなにか手がかりはあったか〟

〝野営地みたいなものがありました。もぬけの殻でしたけど〟

〝お誂《あつら》え向《む》きだ。行くぞ〟

〝はい〟

追いかけられながら羽妖精の先導で野営地を探す。追跡を振り切らないといけないので中々難しい。走ることしばし、それはあった。開けた場所に焚《た》き火《び》の跡、あちこちに金属の容器が落ちていた。ようやく足をとめる。

〝慌てていたんでしょうか〟

〝それはない〟

それにしては、整理整頓されすぎている。食器を眺めてシレンツィオは考えだした。

〝使い捨て……なのだろうな〟

〝もったいないことをしますね〟

〝しかし、使い勝手はすこぶるいいはずだ。鉄の味がしそうだが……それとも違うのか〟

シレンツィオは金属の容器を短剣で突き刺して持ち上げると、舐《な》めて味を確認した。

〝鉄の表面に何かを塗りつけてあるな。なるほど。とはいえ、鉄は鉄だ〟

〝それ戦闘に関係します？〟

〝するな。この容器の金属が鉄かどうかは重大な問題だ〟

〝なるほど。鉄なら魔法が使えない種族というか人間かもしれないんですね〟

〝容器の開け方を見るに、おそらく人間の手と同じかそういうものをもっているんだろう。つまり……〟

〝つまり？〟

〝悪魔には人間が入っている、ということだろうな。ふむ〟

シレンツィオは悪魔が近づいているというのでまた走り出した。走りながら考える。周囲は都市で、同時に焼け野原だった。戦場だったのは間違いない。

〝人間が魔法を使うにはどうしたらいいか。ということに対する回答の一つだろうな〟

〝巻物みたいなものですか？〟

〝そうなるな。鎧に魔法をもたせたのだろう。あの異形の形は、そういうものと見た〟

〝なるほど。どうしますか？〟

〝中身が人間というのならやりようはあるだろう。刃が九cm体内に入ればだいたいそれで殺せる〟

〝シレンツィオさんはあんまり戦わないほうがいいです〟

〝わかった。では少女を助け、相手が戦う気をなくす程度にしよう。まだ見つからないか〟

〝今見つけました。魔法陣の上のような気がします〟

〟そうか、あとどれくらい走ればいい？〟

〟悲鳴が聞こえます。距離一二五ｍ。目の前の瓦礫《がれき》を超えれば視認できます〟

シレンツィオは瓦礫の上に乗ると投擲《とうてき》用の短剣を取り出し、槍投《やりな》げ器に嵌《は》め込《こ》んだ。数歩助走して投げる。

放物線を描いて短剣が悪魔を刺し貫いた。柄まで刺さった短剣が作った傷跡から、青い血がとめどなく流れて、悪魔は動きを止めた。

〟悪魔の装甲は薄くないと思うんですけど……〟

〟魔法陣に似た模様があったからな。魔法で動くのなら鉄が効くという道理だ。まあ、自信はなかったが〟

鉄でなければ価格の問題で装甲はさほど厚くあるまい。そういう読みである。

シレンツィオは走ると薄い本の少女の前に出た。

「よう。奇遇だな」

〟え、ここでそんな嘘つく必要あります？〟

〟女に貸しを作らないためなら嘘はどれだけついてもいい〟

〟ポリコレ棒でぶっ叩きますよシレンツィオさん〟

助けられた薄い本の少女は植木鉢を持っていた。シレンツィオを見上げて震え上がっている。

「ち、違うんです。お、お花を植えたらなにかあるかもとか思っただけで」

「その土は幼年学校の敷地内にあった林のものか」

薄い本の少女が何度も頷く。

〝あの林、いじめや私刑《リンチ》によく使われていたんでしょうね。エルフの大量の血で魔力が回復していたのかも〟

〝そうかもな〟

シレンツィオはそう言って、薄い本の少女に声をかけている。

「立てるか」

「は、はい。あの」

「研究以外でも進級できる方法を考えよう」

シレンツィオがそう言うと、ボーラは不満そうに周囲を飛んだ。

〝ブップーですよ、シレンツィオさん。ブップーです。私以外に優しい声を出さないでください〟

〝優しかったか？〟

〝微妙に、微弱に。私ほどのシレンツィオさんフリークならまあまあ分かるくらいに〟

〝そうか〟

薄い本の少女を抱き上げ、流石にテティスより重いとシレンツィオは考える。

〝女の子の体重にそういうのはダメですよ。シレンツィオさん〟

〝生きて逃げるためだ。魔法陣はどうだ〟

〝再起動しますね。出現位置は半径四五〇・三m内の乱数配置になります〟

〝出たとこ勝負か〟

〝そうなりますねえ。出現後すぐに魔法陣に戻ってこれを破壊する必要があります〟

〝分かった。やってくれ〟

〝もうやってますってば。あと五秒です〟

悪魔たちが迫ってくる。ボーラが数える数字を聞きながら、シレンツィオはじっと待った。


シレンツィオが放り出されたのは空中二五〇mほどの場所だった。上から学校の全景を見て、シレンツィオは見事なものだなと思ったが、このままでは墜落死は避《さ》けられぬ。シレンツィオは抱えていた少女を放すと外套を広げて裾を持った。凧のつもりだったが速度はわずかにも下がらない。そもそも減速できるともシレンツィオは思っていなかった。

ただ、少しだけ滑空できれば良い。

シレンツィオが狙った場所は山の斜面である。そこまで行ければ二五〇m落下、とまではいかずにすむ。

悲鳴もままならぬ少女を抱え直し、ボーラがシレンツィオの外套を引っ張り上げる。羽妖精が触れた場所から魔力が通って、外套に刺繍《ししゅう》されていた模様が銀色に光った。

言葉を発する間もなく、山が近づく、シレンツィオは岩場に転がった。森林限界を超えていたのか、木々が生えていなかったのは幸いだった。生えていればもっと悲惨なことになっていただろう。

シレンツィオは外套を緩衝材代わりに少女を抱えて数度転がると、背中が痛いと言いながら立ち上がった。

〝ど、どうです。私の内職の成果!!　こんなこともあろうかとまた谷から翔んだときのために外套に飛行の魔法を刺繍してました!!　いきなり荷重増えて不時着でしたけど〟

〝半径四五〇ｍとか言っていたが、ありゃ平面じゃなかったのか〟

〝普通は平面なんですけどね。あの魔法陣が欠陥品ってだけです〟

〝本当に欠陥品なのか〟

〝別の見立てあるんですか？〟

〝俺が使ったことのある転移陣は出口を抑えていたら、もう移動ができなかった。出口の周りに兵を置いていればいいんだからな〟

〝そもそも戦争用ではないですからね〟

〝あの魔法陣は侵攻用かもしれんぞ〟

ボーラは浮かびながらしばらく考えて、苦い顔になった。

〝悪魔が滑空装備持っていたらそうですね。乱数配置は、防御を難しくするため？　ありそうで嫌です。悪魔が時間をかけて魔法陣を作っていたのかも〟

シレンツィオは釦《ボタン》を押すと二つのうち一つの剣帯を外して地面に放り投げた。二〇本近くの短剣が斜面に落ちる。何度か飛び上がり、軽量化した自分の調子を確認した。

〝まあ、魔法陣を破壊してしまえばいいだけだ〟

シレンツィオは薄い本の少女の頭の上に手を置いた。

「ここから魔法陣までざっと六〇〇mだな。ここは安全だ。少し待っていろ」

薄い本の少女は呆然としたあと、急に生気を取り戻した。

「な、なんで私のために？」

「俺は女好きなんだ。気にするな」

〝それめっちゃ気になるやつじゃないですかバーカー！〟

〝俺の国では割と強力な女よけの言葉なんだが〟

〝今後は禁止ですからね。美人で可愛い羽妖精を飼っているんですから〟

シレンツィオは山の斜面を走ったと思った次の瞬間、外套を広げて飛んだ。

〝返事してください！〟

〝分かった分かった〟

非常時なんだがなと思ったが、ボーラはなおもぶつぶつ言っている。

悪魔が七、八体、姿をみせている。降下し、侵攻経路保護のため魔法陣の方へ向かうようであった。シレンツィオはその姿を眼で追うと、地面により鋭角となって速度をあげている。

〝聞いてますか？〟

〝後で甘やかす〟

〝急ぎましょう。魔法の反応が複数あるみたいです。交戦しているのかも〟

シレンツィオは校舎を飛び越えてその屋根に突き刺さる前に身を翻して屋根を蹴ると全身を撥条《ばね》にして宙に身を投げ、鉤縄をひっかけて速度を再度落とした。縄を手放し、中庭に降りたった。

悪魔と子どもたちの間に割り込む。

悪魔の足は凍っており、近くではテティスが激しい息をしていた。ガットが抱えている。回避はガットが、攻撃はテティスがやったのであろう。

「よくやった。テティス。ガット」

「逃げろと言われたのですが、わたくし、おじさま好みの悪いエルフなので」

落ちる汗を無視してテティスはにこりと笑って言った。シレンツィオはわずかに頷いた。

「そうか」

シレンツィオは袖口から白兵戦用短剣を取り出した。小剣と遜色のない刃渡り五〇㎝の品物である。それを、ゆるりと構えた。

シレンツィオの背を見てマクアディがうめいた。

「やっぱり縄はどれだけあってもよかったんだ」

「今度縄とか言い出したら絶交だから。危ない真似とかしたら絶対許さないから」

エメラルド姫がそう言っているのを聞いてシレンツィオはかすかに笑った。次の瞬間には突撃し、悪魔の攻撃を躱《かわ》している。懐に飛び込むと装甲の継ぎ目に短剣を突き刺して、中の乗員を殺害した。

〝笑っていますよ。シレンツィオさん〟

〝この笑いは酷薄ではないぞ〟

〝そういうことにしておいてあげます。甘やかされたいのではやく終わらせてください〟

シレンツィオは崩れ落ちる悪魔を蹴って角度を調整すると東屋ごと魔法陣を破壊した。

「この学校にきた甲斐《かい》があったというものだ」

次の瞬間にはエルフはおろか獣人も眼を見張る速度でシレンツィオは走り出している。黒い外套をはためかせ、目線は上に向いている。

悪魔がまた一体、降ってくる。子どもたちが悲鳴をあげる中、シレンツィオはその頭上を飛び越えて校舎の壁を伝って走り、悪魔の上に飛び乗った。青い血で濡《ぬ》れた短剣で狙いを定めてまた鎧の継ぎ目に突き刺した。鎧越しにくぐもった悲鳴のようなものが聞こえたが、シレンツィオは無視する。

絶命したときの不随意運動からして、悪魔の腕のうち二本は、装着者というか、中に入っている人間かそれに近い生き物の腕が納められていたようである。この腕は、操縦のためにあるのであろう。

「実質腕二本となるとますます人間やエルフと変わらんな。近接戦に弱いのはなぜだ」

〝近接戦を想定してなさそうですね。懐に入られた後、特に抵抗できていません〟

〝その割に棍棒を持っていたが〟

〝棍棒じゃないのかも〟

「飛び道具か」

呟《つぶや》いた時と前後して爆発が起きた。

〝魔法です。爆発の規模から火球と推定。距離三〇〇m、誤差はプラスマイナス五m、東風《レヴァンテ》の方角です〟

〝エルフか悪魔か〟

〝目下不明。データ不足です〟

〝味方なら楽でいいが……〟

〝敵だと厄介ですね。敵がなぜ飛び道具や魔法を最初使わなかったのかは謎ですけど〟

〝魔法陣は破壊した。悪魔は何を狙うと思う？〟

〝侵攻が目的だったとして、魔法陣の復旧でしょうね〟

〝だとすれば、ここで待っていればよさそうだな〟

シレンツィオは子供たちを見た。

〝あとは避難だが、どこが安全かだ。子供たちを狙われると寝覚めが悪い〟

〝校舎の中はどうですか。悪魔の大きさからいって、建物をわざわざ壊さないといけません〟

〝ではそれでいこう〟

「皆、一度校舎に入れ。落ち着いて、だ。テティス」

シレンツィオはテティスに避難を指揮させようと声をかけた。正直、他に人脈もない。

テティスは頷くと、シレンツィオに向かって背伸びするように口を開いた。

「おじさまはどうなさるのですか？」

「お前たちを守る程度はしないとな。格好《かっこう》がつかん」

「分かりました。ご無理はなさらずに」

〝逃げてもいいと思います。おじさまがエルフのために戦う義理はありません〟

口で言うこととぜんぜん違う内容をテティスはテレパスで送ってきた。器用なものだとシレンツィオは思いながら、返事を返す。

「俺の部屋で罠にはまっているやつは少しは護衛の役に立つ。待っていてくれ」

シレンツィオはそう言って顔をあげる。

〝一番近くに寄って来ている悪魔は？〟

〝爆発音が聞こえたところです〟

〝いくか。時間を稼ぐためにも積極的に出る〟

〝はい。あとで甘やかすの忘れないでくだ……〟

〝どうした〟

〝フラッグかなと〟

〝よく分からんが、忘れないので安心しろ〟

シレンツィオは走る。校舎を回り込んで校庭に向かう。その間も爆発音と轟音《ごうおん》が連続して起きており、戦闘が起きていることが窺《うかが》われた。稲妻の走った後の匂いがして、シレンツィオは驚いている。

〝稲妻を撃つ魔法なんてあるのか〟

〝四属性外。北大陸のエルフでは使われていない魔法です〟

〝悪魔か〟

〝おそらく〟

シレンツィオが校庭に到着するとそこには悪魔の一団と教師数名が距離を取って魔法を打ち合っていた。取り敢えず木立に身を隠し、シレンツィオは様子を窺う。悪魔の持つ棍棒から稲妻が出ている。

〝あれで撃たれたら死ぬな〟

〝間違いないと思います〟

シレンツィオは戦う様子を見て、短く唸《うな》った。

〝これが悪魔本来の実力か。こうも連続して撃たれると、近づく事もできず、稲妻に撃たれて死ぬな〟

〝最初にあったときは、シレンツィオさんの実力を著しく過小評価してたんでしょうね〟

〝ふむ。敵が一箇所に集まったのもそれが原因か〟

シレンツィオは教師の方を見やる。数名の教師が土壁をどんどん生成しつつ、これを盾とする一方でエムアティ校長が火球を飛ばして悪魔を攻撃していた。

その火球だが、悪魔にはあまり効果がないようである。火球が直撃する前に半透明の丸い壁に激突して爆発、爆風もあらかた阻止されているように見える。

〝障壁魔法ですね〟

〝俺のときには使ってなかったが〟

〝あれは対魔法魔法ですよ。おそらく、悪魔はエルフ対策はしていても、物理で殴ることは想定もしてなかったんじゃないですかねえ〟

〝そうか〟

〝エルフの攻撃は北大陸エルフの標準的魔法戦戦術に沿っていると思います。風や水の魔法使いがいないみたいですねえ〟

〝陸軍では風や水の魔法使いはそうそういないと聞いたことがある〟

〝なるほど。でも、どうしますか、シレンツィオさん。現状悪魔のほうが押しているように思えます。土の壁が魔力切れで生成できなくなったら、押し切られると思いますけど〟

突破されたら中庭に突撃されて魔法陣が復旧されてしまうだろう。それ以前に校舎に取りつかれると、子供たちが危ない。

〝さてどうするか〟

幸い、敵は一箇所に集まって攻撃をしているようである。テティスを含む子供たちを守るという観点ではこれは好都合だった。シレンツィオ一人であちこちに走り回らないでいいからだ。一方で敵が集中している現状では、シレンツィオでは近づくこともままならない。

迂回して後ろをつければ、とも思うのだが、悪魔も警戒して一体を割り当てている状況だった。

〝遠くて思念がはっきりと読み取れませんが、警備兵が急いでいるみたいです〟

戦況を見ながらシレンツィオは考える。

〝待つほどの時間はないいな〟

〝突撃《バンザイアタック》はダメですからね。シレンツィオさんは私の裸を鑑賞する重要な任務があります〟

〝分かっている〟

シレンツィオは一度下がってそっと走り出した。見つからないように移動する。

〝撤退ですか〟

〝撤退はない〟

〝ですよね。そんなシレンツィオさんが好きです〟

〝エムアティ校長を助けねばならん〟

〝フラッグブレイカー、フラッグブレイカーですよ！　シレンツィオさん！〟

〝牛酪について教えてくれたからな〟

〝微妙な線をつついて私の反応を楽しんでません？〟

〝俺の国の歴史に愚帝というのがいてね。死ぬ前に肉の焼き加減について質問したやつなんだが〟

〝余にも節度はある、ですか〟

〝そうだ〟

ボーラはシレンツィオの頬をぺちぺちと叩いた。というより触れた。

〝戦闘中なんだから反応に困る事を言うのはやめてください〟

〝そうか〟

シレンツィオは悪魔から見えない場所に移ると、校舎の壁を鉤縄と脚力で登り切った。校舎の屋上に上がって、校舎を守る教師陣の後ろに出た。

〝どうするんですか〟

〝肉を焼くのに必要なのは観察だ。平面の話があったろう。敵は上からの攻撃までは考えてないんじゃないか〟

〝待ってください。敵に空襲をかけるのはいいとして、この配置だとどうしても敵の正面視界に入っちゃいます。いくら上の方は見てないと言っても……〟

〝このままの位置関係ならな〟

〝あっ〟

〝ここからエムアティ校長にテレパスを飛ばせるか〟

〝いけると思います〟

〝では頼む〟

〝はい〟

シレンツィオが待っていると、教師陣たちは少しずつ横に動き始めた。土の壁を横に立ててはその陰に入るという方式で悪魔に対して回り込もうと動き出す。

どうやら提案は聞き届けられたようである。シレンツィオは白兵戦用短剣をもう一本取り出した。長いような短い待ち時間。悪魔たちは校舎に向かって移動を行う。校舎を破壊するのではなく横をすり抜けて中庭に回り込むのであろう。シレンツィオはもう一呼吸待って、途中まで鉤縄で降りると、ほぼ真上から飛び降りた。筋切りのつもりであった。

至近距離に現れたシレンツィオに、悪魔たちは一瞬何事が起きたのか分かっていないようだった。シレンツィオは二本の短剣で二体の悪魔を刺殺し、飛び移ってまた一体を倒した。棍棒を振るう悪魔を跳躍で避《よ》けて同士討ちさせ、華麗に全滅させている。

特になんの感慨もなく、シレンツィオは血のついた短剣を見た。本邦と違って懐紙で拭うようなことはなく、この頃は砂で一度洗った後、布で拭き清めて油を塗って保管していた。防錆鋼《ステンレス》発明前の時代の話である。この頃の鉄器は指紋がつくだけで一日で錆《さび》が出ることがあった。

シレンツィオが手入れのことを面倒《めんどう》くさいと考えていると、ボーラが顔の横に翔んできた。ひどく心配そう。

〝……シレンツィオさん〟

〝どうした〟

〝戦いが好きとかいいませんよね？〟

シレンツィオは少しだけ笑って、今は料理のほうが面白いかもしれんと言った。

（10）

それからしばし、慌ただしく時間が過ぎる。

薄い本の少女に背中が見えるほどのお礼を言われ、シレンツィオは軽く手を振った。

「気にするな」

「でも……女好きなんですよね」

「それはそうなんだがな。……これくらいで口説くつもりはない」

襟が激しくカンフーしている上に冷気まで感じながら、シレンツィオはそう言った。

その件で思いついたのか、シレンツィオは士官学校に行く前に、エルフ語の習得のために幼年学校に一時籍を置いたと言うことにするのはどうだとエムアティに提案し、その方向で話をまとめている。リアン国に対するアルバ国とルース王国の非難の前提が崩れて、多少の連絡不行き届きが問題であったという、そういう形の決着である。

なにせ本人がそう言っているのであるからアルバ国は引き下がるしかなく、ルース王国も本気でリアン国と事を構えることまでは考えていなかった。

後、ルース王国が滅んでしまうため資料としてははっきり残されていないのであるが、エンラン伯爵家の借金の利払いが数年停止されたようである。

そもそも、ルース王国としては悪魔の件がある。シレンツィオの扱いで長引けばまた別の問題まで発生すると考えたのであろう。速やかな幕引きが図られた、という状況である。

この件に協力したことで、シレンツィオにもささやかな報酬があった。一つにルース王国が悪魔退治の報奨金を出したことである。また特権として、試験時以外で生涯、羽妖精を帯同することが許された。それともう一つ。シレンツィオは体育が苦手な子供たちの面倒を見る約束を取り付けている。また半年の落第猶予期間も勝ち取った。

「おじさま、そんなことを褒美にして、どうするのですか」

〝そうですよー。もっとお金要求すればよかったんじゃないですか？〟

そういう声に、シレンツィオは胸を張って言っている。

「俺の心が満足すればそれが褒美だ」

人生を楽しんでいる者の言葉だろう。なお、その後に金は墓場まで持っていけないとアルバ商人のことわざを口にしているが、この言葉は大変に不評であったという。

〝それだから捨て鉢なんです。約束したじゃないですか！〟

「おじさまが悲しいことを言うと死にたくなります」

ボーラとテティスにそう言われ、シレンツィオは困っている。

〝別に縁起の悪い話ってわけでもないのだが〟

〝信じません〟

〝こうとも言う。細かいことに気を使うと損をする。商人の言い伝えだ〟

ボーラはシレンツィオの顔に翔んで寄ると、口を開いた。

「シレンツィオさんの事は細かくありません。これは呪いです。自覚してください」

大事なことを語る時、羽妖精は口を使うのだなとシレンツィオは理解した。そしてそれは、呪いというものらしい。鉄が使える《血に魔力がない》シレンツィオには一切効果がなかったが。

種族や文化の違いというものは、中々乗り越えられぬようである。

翌日になるとシレンツィオは、体育成績不良者の成績を向上させるために、大量の料理を作っている。

大きな銅板の上で、大量の牛肉を焼くのである。校庭に美味そうな匂いが漂って、その前に座った成績不良者たちが、自分たちは何を見せられているのかと、呆然とした。

「まずは肉を食って歩く。そこからだ」

体育着姿のマクアディが、控えめに手をあげた。

「そんなことで身体鍛えられるの？」

「まずはそこからだと言ったぞ。その次もその次の次もある。だがまずは肉だ。身体は食ったもので出来ている」

シレンツィオから見ると体育成績不良者の殆《ほとん》どは親の財政状況が悪かった。食うものを変えれば変わっていくだろうという読みである。シレンツィオはこれにルース王国から出た報酬の全部を使っている。

「俺が俺になるまでには長い時間が掛かった。時間を無視するな。積み重ねを軽視するな」

千里の道も一歩からというが、北大陸ではシレンツィオまでは歩いていけるという言葉が残る。

意味は同じである。

　半信半疑ながら歩きだした子供たちを見るシレンツィオの横に、エルフのほっそりした姿が立った。

「あなたには助けられてばっかりね」

　足元がおぼつかないエムアティを抱き支え、シレンツィオは何のことかわからないと、かぶりを振った。

「悪魔のことですよ」

「ああ、気になさらないでも」

　シレンツィオがそう言うと、エムアティは少し迷って、結局は口を開いた。

「聞き取り調査によると、ここに来たかいがあった。と言っていたわね。あれは……どういう意味かしら」

「特に深い意味はありません」

「そう……でも軍の一部の人は、そう思ってないわ。シレンツィオ・アガタは、アルバの密命を帯びてここにきた。何らかの方法で情報を得て、悪魔と戦うために来たのではないかと」

　シレンツィオは何も答えていない。エムアティは苦笑を浮かべると、言葉を続けた。

「昔、我々が独立する前、古代人は我々を率いて悪魔と戦ったという記録があったから。まあ、そうね。仮になにかあっても、言うわけにはいかないでしょうね。そこはわたしたちと、同じ……」

　エムアティは表情を改めて、神妙になった。

「悪魔の出現した魔法陣については調査が開始されていますが、その情報はシレンツィオくんに明かされることはないでしょう」

「そうか」

「ごめんなさい」

「あなたが気にするようなことではない」

マクアディと一緒に走っている中に銀髪のエルフがいる。魔法は甘えだと言いながら闇雲に走っていた。

お前は生徒じゃないだろうとシレンツィオは思ったが、何も言わなかった。エムアティは笑っている。

「ですが、感謝の心はここに」

「気にすることはない。あなたには良くしてもらった」

〝じとー〟

〝これはそういうのではないと思うぞ〟

〝気にすることはない。あたりで優しさの微粒子を感じて嫌です〟

ボーラはシレンツィオの声真似をして、シレンツィオを微笑ませている。

〝ところで実際はどうなんですか、アルバから秘密指令なんてあったんです？〟

〝そんなものはない。運が良かったというべきだな〟

〝ふうん。じゃあ、おばあちゃんの心の負担を減らすために、含みをもたせたんですね。シレンツィオさん〟

〝単に面倒くさかっただけだ〟

〝今回はそういうことにしておいてあげます。私は寛大な女ですから。でも、運がいいのはどうかと思いますよ？〟

〝そうか？〟

〝う……うう？　なんでそこで優しさの微粒子出てるんです？　私ですか、私と出会えたからとかそういうやつですか？〟

シレンツィオが返事をする前にガットが背中に飛び乗るように抱きついてきた。邪魔に成功したとして、すまし顔のテティスが遅れて抱きついてくる。

「私のことですよね。おじさま」

シレンツィオがどんな返事をしたのかは記録に残っていない。


そして、新年と新学期の浮かれた気分がようやく去った頃、朝の一時である。

前日からの雪は止《や》んで、この日は少しだけ寒さも和らいでいた。とはいえ、夏でも気温一九度というこの学校である。新年を過ぎて少しであれば氷点下をかなり下回っていたのは間違いない。

木戸を開ければ寒い風とともに、雪で白く輝く中庭が見えた。寒いので閉め切りたいところだが、この時代ではそうもいかぬ。換気に明り取りと、どうしても窓を開ける必要があったのである。

「いよいよですね。おじさま」

〝何がいよいよなんです？　シレンツィオさん〟

シレンツィオは鶏卵の白身を泡立てていたが、その手を止めて抱きついているテティスの言葉を考える。心当たりがなかった。

「何があった」

「お菓子です。いい匂いの」

〝あー！　ありましたね！　そうだ、一週間、一週間ですよシレンツィオさん！〟

ボーラは嬉しそうに翔んでとんぼ返りをしている。

「パネトーネか。そうか。そろそろだな」

シレンツィオは棚にしまってあった砂糖で白い雪をちらしたかのようなパネトーネを取り出した。

カビも生えておらず、良い状態であった。

まな板の上に出すと歓声が上がって、すぐに尻すぼみになった。

「どうした」

〝匂いが〟

「消えてしまっています」

しょげる一妖精と一エルフを見て、シレンツィオは表情を変えなかった。

「華やかな香りの菓子はまた別に用意するとしてだ。これも悪くないぞ、食ってみろ」

パネトーネは本来新年前に作って少しずつ食べるお菓子なのだが、今回はそういうこともない。

けている。

シレンツィオは泡立てた鶏卵の白身と凝乳を混ぜて冷やし、それを切り分けたパネトーネの上にかけている。

子供たちの口が乾かぬよう、という配慮である。ついでにいうと果物は酒につけたものを使うのだが、シレンツィオはその量を控えめにしている。

シレンツィオの料理用ナイフの切れ味は非常によく、薄切りにされたパネトーネの断面は色とりどりの果物のせいで美しく、その上に白い塊が乗る。

「宝石箱みたいです」

〝ぶっぶーですよ。ぶっぶー。シレンツィオさん、今若干優しい顔をしていました〟

〝こら邪悪妖精。おじさまが私に優しい顔をすることの、何が問題だというのです〟

〝は？　シレンツィオさんの笑顔は私の独占物ですがなにか〟

〝契約書がないので無効です〟

〝なんで契約書がないことに気づいたんですか！〟

「にゃーは、これすぅです」

テレパスで言い争うテティスとボーラをよそに、ガットはパネトーネを一切れ食べている。中に入る木の実が口の中で割れる音を聞いて言い争いが、止んだ。

「まあ、食べてみましょう」

〝そうですね〟

パネトーネは、大量の牛酪を練り込んだ生地の甘みとコクに、乾燥果物や木の実の風味が絶妙に混ざって落ち着きながらも高い一体感のある味だった。酒につけていた果物が香り立ち、変化をつける。上に乗せた凝乳と鶏卵の白身の冷菓子が口の中の乾きを癒《い》やし、またパネトーネを新鮮な気分で味わうことができるようになっていた。

ボーラとテティスとガットが並んでうまーと、している姿を見て、シレンツィオは喜んでいる。表情的にはあまり変わっていなかったが。その後で自分も食べて、うまーとなった。

エンディングに代えて　～一方その頃～

　シレンツィオがうまーしている一方その頃、アルバ国元老院は大紛糾していた。

　国民がシレンツィオをなぜ敵地に追いやったのかと、元老院の建物の前まで集まって怒りの赴くまま集会を開く状況である。アルバ国は船の来航が多く、庶民も他国と比べればたくさんの情報を得る立場にあったが、エルフはエルフとしてニクニッスもリアンもルース王国も一緒くたの扱いであった。あくまで友邦国に留学させたという事情は、国民にまでは伝わっていない。

「あ、アルバの種馬め……」

　多くの元老院議員の女性たちが、そう言ってうめいた。彼女たちは自国の貴族学校ではシレンツィオが無双して数年後にはシレンツィオの子供ばかりで元老院が構成されてしまうと言って留学を決めたものたちであった。

「バカばっかり」

　そう言って呟《つぶや》いたのは弱冠一一歳にしてアルバ国元老院の議員、ルクレツィア・ウリナである。ウリナとは尿のことであり、糞尿《ふんにょう》を集めて大きな財を成したウリナ家の現当主であった。財こそ爵位であるアルバにおいて侯爵を名乗る大権勢家である。眉目秀麗、鼻筋は整って、黒髪と言うには無理があるわずかに明るいアルバ髪を持つ、見目麗しいのはもちろんのこと、当時神童の名をほしいままにした頭脳明晰《めいせき》な少女であった。

彼女こそはシレンツィオのいう古い友人である。同時に、本人は生まれてこの方ずっとシレンツィオとは恋人だったと自称する。

ルクレツィアは窓の外の港を見て、シレンツィオを思う。周囲が注目する中ため息一つをついて、元老院の議員たちを見た。

「バカばっかりと、言っているのです。あなたたちはシレンツィオ・アガタという男のことを何も分かっていない」

ルクレツィアは立ち上がって青みの掛かった瞳を怒りに震わせた。

「だから反対したのです。あの男を留学させるのは野獣を野に放ったも同じ。今頃エルフの美姫《びき》たちを両肩にしなだれかけさせて、強い酒をかっくらってうぃーとか言っているに違いありません」

私怨が入ってませんかという他の元老の言葉をルクレツィアは視線一つで黙らせた。

「私には分かります。シレンツィオは政治に興味がない。だからこそ、政治がどれだけ混乱しても、気にしたりはしない」

これは随分と一方的な意見であるが、現実問題、窓の下では怒る国民がアルバの英雄を帰せと大騒ぎしている。

一人の議員が、小さく意見を言った。

「でも、アルバは母国ですよ。さすがの種馬も配慮の一つや二つくらいは……」

「外の様子を御覧なさい。それと、母らしいことをしない母を、子が敬うと思うのは愚かです」

当時の元老院議員は女性しかいない。この言葉は多くの議員にとって耳の痛い言葉だった。それ故の強い説得力がある。

ルクレツィアは自分の年相応に細い腕を隠す大きな袖を振った。

「私には分かります。今、手を打たねばシレンツィオはエルフ女に操られて我が国に反旗を翻します。昔から目の前の女には甘いのです」

「ご安心ください。シレンツィオ様は私が呼び戻しましょう」

そう反論したのはニアアルバの属州総督、若葉《フォジジョヴァ》である。ルクレツィアは敵を見る眼《め》で若葉を見ると、すぐに冷静になり、口を開いた。

「ことはもはや属州総督だけの話ではないのです。私自らが出ます！」

大事故である。

シレンツィオの身辺が落ち着くまで、まだ幾ばくかの時間がかかる。

（了）

ボーナストラック

この時代の夜は早い。エルフの場合は魔法で灯《あか》りを作ることができるのであるが、シレンツィオは魔法が使えない。結果、暗くなるとさっさと寝ていた。

いつもどおり釣床に外套《がいとう》を敷いて毛布を被《かぶ》って寝ていると、ボーラがふらふらと寄ってきた。翔《と》んできたとも言う。

「シレンツィオさん、シレンツィオさん」

〝どうした?〟

〝あのねですね。私を甘やかすと言っていたじゃないですか〟

〝言っていたな〟

〝待っていたのですが、シレンツィオさんが忘れていそうなので、えへへ。おねだりにきました〟

ボーラは小さく一回転してそう言った。恥ずかしいのか、普段見せない顔をしている。

シレンツィオは表情が変わらない。あの日、桃の酒を飲ませた気もするがと思いはしたが、すぐに手を伸ばした。

「お望みのままに」

〝し、シレンツィオさんの優しい声は、なんというか、ずっと一緒だったのに照れますね!〟

「そうか」

〝ま、魔力とか入ってません？　なんかもう頬《ほお》が熱いんですけど〟

「そうか」

ボーラは撃墜された。へろへろふにゃふにゃばったりこってりである。シレンツィオの手がそれを優しく抱きとめて、ボーラは両手で顔を隠した。

「あ、あの、わたくし、初めてですので、お、お手柔らかにお願いします。これは呪いじゃないですけど」

シレンツィオは右手を伸ばすとボーラの頭を人差し指で優しく撫《な》でている。

〝子供扱いしてませんか？〟

〝子供に酒は飲ませない〟

〝そ、そうですか。ならいいです〟

それでボーラは頭を撫でられた。というよりも、撫でられるだけで終わっている。それ以上はもう少し修行してきますとか言って、逃げ出してしまっている。

シレンツィオはそれを聞いて珍しくも微笑《ほほえ》んだ後、腕を枕にして釣床の上で気持ちよく眠ることにした。よい夢が見られるであろうと思いつつ。

あとがき

はじめましての人も、いつもの方も、いらっしゃいませ。作者の芝村裕吏《しばむらゆうり》です。

この本は、私にとっては普通とはちょっと違う出し方をしています。

具体的にはこの小説は、書き下ろしではなく、カクヨムに連載していた小説が元になっています。最近の小説家だったら普通なのかもしれませんが、私にとっては初です！　めでたい。今まで何冊出してきたのか覚えてないくらいにマンガ原作や小説を書いて出してますが（50冊はあると思います）、これははじめて。

そもそもプロの作家とは読者の意向を踏まえるのが当然ですので、好き勝手に書くことは原則ないのですが、この小説はかなり好き勝手に書いています。それもそのはず、本作は世に出すつもりもなかったからです。いわばプロ作家のアマチュア小説ですね。でも個人的には良くできていると思っていますし、出版しましょうと言ってくれてとても嬉《うれ》しく思っていたりします。

商業化にあたっては校正さんが入って誤字脱字変な日本語などが大量に直されています……すみませんすみません。機械校正はかけていたんですが、人間偉い。書籍版の方がすっきり読めるのではないかと思います。

私は、人間、食事こそが重要であり、料理こそは人間が人間になる第一歩だと思う派閥なんですが、なんでか小説では料理を中心に据えたものを書いたことがありませんでした。それで今回、気合を入れて個人的に書いていた、というわけです。

執筆にあたっては古文書を読みふけって色々料理を作ってたんですが、ぶっちゃけ今の（現代の）料理の方がうまかったです！　（２００皿くらいしか作ってないので絶対とまではいいませんが、おそらく間違いないです）時代の進歩を感じますね……。というかちゃんと進歩してるんだなあという実感をえられたのが最大の収穫だった気がします。

昔の料理の何が難しいかって、素材がまったく安定してない上に秤《はかり》がきちんとしてないことにあります。キャベツ一つにしても日本の偏執的な規格化とは反しているわけで、具体的にはキャベツを含むアブラナ科は交雑が容易なので、もうこの時点でだいぶ怪しかったりします。レシピに記載されたキャベツが当時と同じかどうかも怪しい。やばい。しかも日本では昔の美味《おい》しくない野菜など作ってませんから、育てるのだけで1年かかったり、ついに育てられなかったりしたせいで作品に出せなかったものもあります。料理って大変だ。

秤については、料理の軽量でカップ（杯）とか匙《さじ》をつかうのは皆さんご存知《ぞんじ》だと思いますが、あれは適当な秤がなかったせいなんですよね……。杯一杯と書いてあってもある年代以前は、それがどの程度の量なのか、だいぶ怪しかったりします。イタリアのほうで資料がないので地理的に近いフランスやスイスの資料をあたったりもしました。が、これまた記述がばらばらで、大変だなあと途方にくれたこともあります。

このあたりは同時代でもそうなので、この頃のレシピは1：1系のレシピばっかりです。秤が適当すぎるので1：2とかだと味が崩壊する料理が多かったんですね。そして1：1で調味して美味しい料理って幅がものすごく狭いのです。

と、そんな感じで書かれている小説です。作中にでてきたものでかろうじて現代でやっても美味しく食べられるものは別項にレシピ集だしますので、ぜひ作ってみてください！

関係者の皆様と読者に感謝を

芝村裕吏

栗のフリコ

歴史的な背景

貧者のパン、貧乏人のパンと呼ばれるものを中世イタリアではものすごく目にします。パン屋を経由しない穀物中心の食べ物は大体そう呼ばれていたようです。言い方を変えると、パン屋のパンは当時でも（しっかり）おいしかったんですね。ニョッキも昔はこのカテゴリーでした。
さて貧乏人のパンシリーズで一番美味しいと思ったのは栗のフリコです。可能な限り当時のレシピを再現してますのでびっくりするくらい簡単です。

まず基本のフリコ（クレープ）から

材料

小麦粉180g（1カップ）
牛乳180ml（1カップ）、卵一個

材料を良く混ぜたら、バターを入れて熱したフライパンにお玉1杯分を薄く伸ばして焼くだけです。すごい簡単だ！
ちなみに薄力粉を使用してください。フライパンを傾けて底いっぱいに生地を伸ばしていく感じでいきましょう。昔はクレープ屋さんでみられるような木でできたトンボとかは使っていませんでした。仕事で焼いてたらフライパン扱いすぎて腱鞘炎になってたかも。

栗のフリコは小麦粉を減らして、その分潰した茹で栗をいれます。皮は薄皮含めて全部取ってください。面倒くさかったら味付きの栗でも大丈夫です。30%くらいまでは栗にしてもなんとかいけます。
具はジャムでもバター＋砂糖でももちろんベーコンとチーズでも大丈夫です。甘くないときはイタリアンドレッシングをかけると美味しくいただけます。

ちなみにこのフリコとまったく同じものは今でもイタリアの一部地方で屋台料理として食べることができます。500年以上現役のレシピってすごいですよね。

パネトーネ

歴史的な背景

　年末になると主婦業も休みになって竈門の火を落とすのは今も昔も同じです。火を落とした日でも食べることができる料理がパネトーネです。作中でもでてきてますね。

　イタリアではこのパネトーネはお年玉みたいに色んな人からもらいます。もちろんお返しにパネトーネを贈らないといけないので年末は結構地獄です。家の中がずっと溶かしバターの匂いで1日2日はいいんですが、そのうち胸焼けします。

　最近ではそういう傾向が薄くなって見るのもいやだーという人は少なくなっています。

　パネトーネは酵母の名前なので、パネトーネを買ってこないと作れません。味が変わっていいのならドライイーストでも大丈夫です。そもそもパネトーネ100％だと熟練のおばちゃん以外は上手に焼けないので、イタリアでも今はイースト菌をまぜて作っています。

この料理は作るのが面倒くさい上に長期保存のために衛生状態にかなり気を使わないといけません。
キッチンを熱湯消毒したうえで手袋とマスクをつけて料理すべきだったりします。面倒くさいなら、すぐ食べてしまいましょう。

材料

ドライフルーツ150g、または洋酒につけた果物、強力粉360g、きび砂糖70g、塩6g、パネトーネパウダー28g、イースト3g、バター100g　卵二個うち一個は卵黄のみ。

（昔はこんなに細かいレシピがあったわけではないのですが、今はこれくらいがちょうどいいとされています）


　ホームベーカリーの生地作成をモード使うのがオススメなんですが、もちろん手で作ることもできます。

ボウルに強力粉、きび砂糖、塩、パネトーネパウダー、イーストを入れてひと混ぜします。次に、中央に大きなくぼみを作ります（重要）。くぼみに牛乳と卵と卵黄を加えてから、心を無にして混ぜます。ただ混ぜます。

　なんとかひとかたまりになったら台の上に生地を移して、またこねます。なめらかになるまでやります。修行僧の気持ちでやりましょう。なめらかになって喜んではいけません。次は薄く切ったバターを混ぜてまたこねます。30分くらいかかります。上手い人は20分でいけなくもありません。生地を薄く引き伸ばすことができるようになったらこれで生地は完成です。

　ホームベーカリーだと5分こねたらあとは小さく切ったバターを入れながらまたこねるだけでできます。

　生地を広げて、果物（ドライフルーツ）を入れましょう。ドライフルーツの中でもレーズンは表面に菌がいることが多いので一回お湯で洗って拭いておいたほうが無難です。1週間後に悲しい気分になることがあります。

　果物は一度に入れては駄目です。また洋酒に漬け込んだ果物はちゃんと水気を落としておかないと悲しいことになります。何度かにわけて様子見しながらまたこねます。何層かつくるつもりで果物を入れていくのがいいと私は教わりましたが、きちんと分散しているならどういう混ぜ方でも大丈夫です。


　生地がまとまったらまるめてボウルの中に入れて、ラップをかけて温かいところにおきます。昔ならストーブの近くにおいていましたが、30度くらいの温度ならどこでも大丈夫です。生地が2倍の大きさになるまでまちましょう。果物（酒漬）を入れすぎて生地が大きくならないこともまあまあありますす。この場合はやり直しです。

　発酵できたら小分けします。形を整え、そのまま型にいれてさらに温かいところで膨らむのをまちます。35度で90分くらいです。膨らんだら予熱していたオーブンで170度設定で30分から35分焼きます。最後に溶かしバターを塗って完成です。溶かしバターはレシピ外なんで好きな量をつかってください。


　こうして書いているだけで失敗の日々を思い出しますが、お菓子作りに慣れた人は普通に一発で成功させて私が凹んだことがあります。お菓子作りが趣味の人すごい。偉い。

英雄その後のセカンドライフ

しかし子供に料理を
振る舞うのは楽しいかもな

2024年4月25日　初版刊行

著者　芝村裕吏
イラスト　しずまよしのり
発行者　山下直久
発行　株式会社KADOKAWA
〒102-8177 東京都千代田区富士見2-13-3
0570-002-301（ナビダイヤル）
印刷・製本　株式会社広済堂ネクスト
デザイン　たにごめかぶと（ムシカゴグラフィクス）

ISBN 978-4-04-683606-9　C0093

定価はカバーに表示してあります。